Klarant Verlag

AF288219

Rita Roth liebt Ostfriesland und besonders die Insel Norderney, die sie immer wieder zum Schauplatz ihrer Romane und Krimis macht. Als bekennende Muschelsammlerin kann die Autorin stundenlang am Nordseestrand entlanglaufen – bei einer steifen Brise allerdings sitzt sie lieber in einem Café und schreibt, anstatt sich ordentlich durchpusten zu lassen. Und so entstehen ihre spannenden Geschichten, inspiriert vom stürmischen Rauschen der See und von den Menschen, denen Rita Roth begegnet.

Rita Roth

Inselzorn

Ostfrieslandkrimi

Klarant Verlag

1. Kapitel

Misswahlen auf Norderney!
Wer wird die erste Miss Friesenqueen?

Das Plakat war echt gut! Gretje Blom stand davor und amüsierte sich über die Kritzeleien eines Schmierfinks, der aus der Misswahl eine Mistwahl gemacht hatte. Man musste nur ein S durch ein T ersetzen.

Diese Misswahl, an der die Seniorin natürlich auch teilnahm, war für sie ein willkommener Anlass, nach Norderney zu reisen und wieder einmal eine schöne Zeit in Onnos Haus, in der Friesenrose, zu verleben. Sinnend betrachtete sie den Aushang, auf dem neben einem Paar Gummistiefeln ein hübsch verziertes Diadem ihre Neugier weckte. Sie träumte sich das Krönchen aufs Haupt und seufzte: »Hach! Das Leben ist schön!«

In ihren Augen blitzte es auf, sie sah sich auf der Strandpromenade um, holte einen dicken Filzstift aus ihrem Rucksack, vergewisserte sich vorsichtshalber noch einmal, ob die Luft rein war, strich kurzerhand das Wort *Queen* durch und schrieb in satten Buchstaben KÖNIGIN darüber. Kichernd trat sie einen Schritt zurück und zwinkerte einer verschreckten Möwe zu, die ihre frevelhafte Tat beobachtet hatte.

Jawoll! So ist es richtig! Aber da fehlte noch eine Kleinigkeit. Mit kühnem Schwung strich sie nun auch das Wort *Friesen* durch und ersetzte es dick und fett durch OSTFRIESEN. Nun war es gut. OSTFRIESENKÖNIGIN, so musste es heißen! Mit einem verschmitzten Lächeln ließ sie den Stift verschwinden, zwinkerte der Möwe ein zweites Mal zu, schob ihre coole Sonnenbrille zurück auf die Nase und schlenderte davon, als wenn nichts gewesen wäre.

Auf einer Parkbank legte sie eine kleine Pause ein, blickte aufs Meer, lauschte dem Wind und den Wellen und war einfach nur glücklich und zufrieden. Ihr Leben war viel aufregender und bunter geworden, seit sie Julie-Marie und Sven kennengelernt hatte und zu deren Strandhochzeit nach Norderney eingeladen worden war. Viele schöne Erinnerungen waren mit der Insel verbunden, auf der sie vor ihrem Ruhestand in den Sommermonaten jahrelang als Briefträgerin ausgeholfen hatte.

An der Abzweigung zur Marienhöhe verließ sie die Promenade und stand wenig später bei ihrem alten Freund Onno Fokken vor der Tür. Sie freute sich auf eine spannende Zeit mit ihren Männern, für die sie schon jetzt die ungekrönte Queen war, oder vielleicht doch nur die stachelige Friesenrose?

***

»Weiber! Weiber an Bord! Das gibt nichts als Ärger!«

»Schlechte Laune?«, fragte Leon. »Ich dachte, du kannst es kaum erwarten und freust dich, wenn deine Friesenrose wieder ein bisschen Leben in die Bude bringt.«

Onno Fokken hatte seinen Untermieter nicht bemerkt, der am Türrahmen lehnte und amüsiert zusah, wie der kräftige Kerl sich mit Gretjes Koffern abmühte. »Musst du nicht arbeiten?«, raunzte er ihn in seiner bärbeißigen Art an und beförderte die Gepäckstücke mit einem Fußtritt in die Ecke.

»Klar! Heute Nachmittag darf ich die Damenwelt wieder mal verwöhnen. Bis dahin habe ich aber noch etwas Zeit.«

»Von wegen, es kaum erwarten können! So ein Quatsch! Nun sieh dir das mal an. Was braucht die denn so viel Gepäck?«

»Ich finde das völlig normal! Schließlich hat sich unsere Gretje für eine Misswahl beworben. Schon vergessen?«

»Nun pass bloß auf, du!«, drohte Onno und versuchte so streng wie möglich auf ihn herabzublicken. »Man nicht so unverschämt, du junger Hüpfer.«

»Vielen Dank für das ›jung‹! Der junge Hüpfer ist allerdings auch schon über vierzig.« Mit beiden Händen strubbelte er sich durchs Haar. »Ich weiß, man sieht es mir nicht an!«

»Oh Mann, Leon! Dass du aber auch immer das letzte Wort haben musst!«

»Ist angeboren, da kann ich nichts für! Aber mal im Ernst, Onno, ich finde es wirklich cool, dass Gretje auch in ihrem Alter immer noch für jeden Spaß zu haben ist.«

»Na, wenn das so ist.«

»Kommt sie heute noch an?«

Onno suchte sein Mobiltelefon, mit dem er von Anfang an auf Kriegsfuß stand. Wie immer lag es auf der Fensterbank in der Küche. »Hier! Sie kommt mit der Nachmittagsfähre, schreibt sie. Soll dich auch grüßen, und …« Onno kniff die Augen zusammen und grinste.

»Was ist los? Was ziehst du denn für ein Gesicht?« Leon überflog schnell den Text. »Unsere Gretje!«, lachte er, als er ›Küssen und Drücken‹ las. »Siehst du, Onno! Sie vermisst uns auch!« Der pensionierte Seemann grinste wie ein Honigkuchenpferd und las die Nachricht ein zweites Mal.

»Heiliger Klabautermann! Das ist ja schon heute!«

»Super! Schade, dass ich nicht zu Hause bin, wenn sie ankommt.«

»Super? Du hast ja keine Ahnung, was ich bis dahin noch alles erledigen muss.« Mit einem Blick auf die Uhr schob er den jungen Mann hinaus.

»Hier! Da könntest du auch mal drüberwischen!« Mit dem Finger zog Leon eine Spur über das Schild, auf das Onno in Schönschrift *Friesenrose* gepinselt hatte. Der Hinweis, dass keine Fremdenzimmer vermietet wurden, stand etwas kleiner darunter. Für Leon hatte er allerdings eine Ausnahme gemacht, der alte Seebär lebte neuerdings in einer Männer-WG mit dem jungen Mann zusammen.

Leon schwang sich auf sein Bike und radelte vergnügt zu seinem Arbeitsplatz unter freiem Himmel am Nordstrand. In der Weißen Düne würde er vor dem Job noch einen Kaffee trinken und ein wenig mit seiner Lieblingskellnerin Eva schwätzen. Das Leben kann nicht schöner sein, dachte der Physiotherapeut oftmals, wenn leicht bekleidete Urlauberinnen vor seiner Kabine Schlange standen, um einen Termin für eine Strandmassage zu ergattern.

2. Kapitel

Gretje tastete nach dem Schlüssel in ihrer Tasche, ließ ihn stecken und klingelte Sturm in der Friesenrose.

»Keiner da?«, rief sie laut und klopfte gegen die Holztür. Von drinnen näherten sich Schritte und Onnos typisches Gegrummel wurde lauter. »Das dauert ja ewig«, begrüßte sie ihn rau, aber herzlich, als er endlich öffnete.

»Kaum bist du da und schon ist es mit der Ruhe vorbei!« Onno grinste sie glücklich an, schnappte sich seine alte Freundin und wirbelte sie durch die Luft.

»Was soll denn das Getue? Dich hat wohl der Strandhafer gestochen? Runter will ich! Lass mich los, du verrückter oller Kerl!« Sie zappelte wie ein Fisch an der Angel, trommelte mit den Fäusten gegen seine Brust und versuchte vergebens, sich zu befreien.

»Das kommt davon! Du wolltest das doch mit dem Küssen und Drücken. Das hast du wortwörtlich so geschrieben!« Er drehte noch eine Extrarunde, stellte Gretje sachte wieder auf die Füße, strich das Ringelshirt über seinem Bauch glatt und drückte ihr einen dicken Schmatzer auf. Dann sah er noch einmal vor die Tür und fragte, wo sie denn ihren Kumpel Piet gelassen hätte. Normalerweise reiste sie immer mit ihm zusammen an.

»Der hat zu Hause noch was zu erledigen. Verwandtschaft! Der kommt erst morgen oder übermorgen.«

»Ach so! Tee?« Onno gab sich mit der Erklärung zufrieden. Er setzte das Teewasser auf und holte sein gutes Service, das mit der Rose, aus dem Schrank. Gretje schaute in ihrem Zimmer nach den Koffern und konnte es kaum fassen, dass ihr Gepäck tatsächlich rechtzeitig angekommen war.

»Du hättest mal den dummen Spruch hören sollen, als der Zusteller mir deine Koffer vor die Füße geknallt hat. Der fragte doch glatt, ob eine Frau bei mir einziehen will. So für immer, als Paar!«

»Na und? Was hast du ihm denn geantwortet?«

»Nix! Was geht den das denn an?«

***

»Nun, Gretje, wie bist du denn mit meinen Tipps für deine Vorbereitung auf die Misswahl zurechtgekommen?«, fragte Leon, als sie abends zusammensaßen. Er war sich nicht sicher, ob die alte Dame sich seine gut gemeinten Ratschläge zu Herzen genommen hatte.

»Was glaubst du denn, wie ich damit klargekommen bin?« Provozierend grinste sie ihn an. »Hast du gedacht, die wird schön brav alles tun, was du ihr sagst?« Gretje machte es einen Heidenspaß zuzusehen, wie die beiden Männer an ihren Lippen hingen und auf die Antwort warteten. »Das kannst du vielleicht mit deinen Mädels so machen, aber …« Sie holte tief Luft und ließ sie noch etwas länger zappeln.

»Na, was denn nun? Nun sag schon! Ich will endlich wissen, ob ich meine Wette …«

»Was habt ihr dusseligen Kerle gemacht? Gewettet? Worum denn? Darf man das auch mal erfahren?«

»Männersache! Wird nicht verraten.«

»Nee! Das glaube ich jetzt nicht. Was seid ihr denn für Kerle?«

»Nun sag schon!«, bohrte Leon.

»Also«, setzte sie langatmig an. »Ich habe fast alles so gemacht, wie du das gesagt hast. Aber das mit dem Stocklaufen, das war mir zu blöd.«

»Hab ich's doch gewusst!« Leon warf Onno einen triumphierenden Blick zu. »Die Wette habe ich gewonnen! Onno, du schuldest mir einen Gefallen. Ich sag nur: Nummer fünf!« Leon rieb sich die Hände, nun durfte er in dem einzig freien Zimmer seine Massageliege aufbauen, das war Onnos Wetteinsatz.

»Eins muss ich aber noch mal klarstellen, Gretje, das heißt nicht Stocklaufen, sondern Nordic Walking! Montagmorgen geht's los. Ich besorge dir passende Stöcke und dann trainieren wir zusammen.«

»Von mir aus. Hier kennt mich ja keiner«, erwiderte sie wenig begeistert. »Und weißt du, was ich auch noch hingekriegt hab? Die *Fittamine*, die habe ich nicht angerührt. Piet kann das bestätigen.«

»Braves Mädchen!« Leon tätschelte ihre Hand. »Ist dir das sehr schwergefallen?«

»Nee. Ich hab mir einfach gesagt, das bin ich meiner Schönheit schuldig. Und mein Freddy, der hat ja auch immer gesagt: ›Jetzt ist aber Schluss‹, wenn ich mal übertrieben habe!« Dann zählte sie auf, welche anderen Tipps sie noch befolgt hatte, nämlich jede Stunde ein Glas Wasser trinken und täglich etwas Morgengymnastik machen. »Willst du mal sehen?« Die rüstige Ostfriesin schob einen Ärmel hoch und tippte auf ihren Bizeps. »Ist noch nicht steinhart, aber das ist auch kein Pudding mehr.«

Onno drückte sanft auf die kleine Rundung und spannte dann vergleichsweise seinen Bizeps an. Das Dekolleté der Roten Lola, ein Tattoo auf seinem Arm, drohte aus den Nähten zu platzen. Es war ein echter Hingucker, vor allem, wenn er seine Muckis vorführte und sich damit brüstete, was für ein toller Kerl er war. Die Rote Lola sollte es allerdings nicht noch einmal wagen, bei ihm aufzukreuzen. Da könnte er für nichts mehr garantieren.

»Nicht ärgern, Alter.« Leon klopfte Onno auf die Schulter und hatte es dann sehr eilig, zu seiner Freundin Ida zu kommen, wahrscheinlich erwartete sie ihn schon sehnsüchtig. Er nahm Gretje beim Hinausgehen noch einmal in den Arm, knuddelte sie und kündigte an, dass er sie richtig fit machen würde. Fit for Friesenqueen!

3. Kapitel

Mit einer Brötchentüte in der einen und Nordic-Walking-Stöcken in der anderen Hand stand Leon am Montagmorgen in der Friesenrose auf der Matte.

»Moin! Ist jemand zu Hause?«

»Was fragst du denn? Siehst du doch, dass wir da sind. Auch einen Tee?«

»Lieber einen starken Kaffee.«

»Zeig mal her! Was hast du denn nun vor mit mir?« Gretje vertiefte sich in den Trainingsplan, den Leon extra für sie zusammengestellt hatte. Bewegung und Entspannung standen auf dem Programm.

»Nach dem Frühstück fangen wir gleich an. Hast du auch vernünftige Laufschuhe?«

»Wenn ich die nicht hätte, dann könnte ich bestimmt nicht mehr so flott durch die Gegend hüpfen. Willst du mal sehen?« Verschämt hielt sie ihm ihre ausgelatschten Sneaker hin. »Die sind schon gut eingelaufen.«

»Das sieht man!«

»Junge, Junge, Junge, was du aber auch alles von mir verlangst«, seufzte sie und ergab sich in ihr Schicksal, Stocklaufen fand sie ziemlich albern.

Leon legte seinen Arm um Gretje und raunte ihr ins Ohr, sie könne froh sein, dass sie ein paar Tage zu alt für ihn wäre. Ansonsten würde er noch ganz andere Sachen von ihr verlangen.

Mit einer Engelsgeduld brachte er ihr bei, wie sie die Stöcke halten sollte und worauf sie sonst noch achtgeben musste. Es dauerte etwas, bis sie mit den Bewegungsabläufen vertraut war und einigermaßen elegant auf der Promenade, nahe der Rehaklinik, neben ihm her walken konnte.

»Brust raus!«

»Jau!«, quetschte Gretje nach den ersten Metern kurzatmig hervor.

»Und jetzt noch lächeln!«

»Das kann ich!«

»Fantastisch! Du bist ein echtes Naturtalent«, lobte Leon und versprach ihr zur Belohnung eine Massage. »Hast du dir verdient! Du hast das wirklich gut gemacht.«

»Au fein! Das hab ich mir schon immer gewünscht. Das sollst du ja ziemlich gut draufhaben. Hab ich gehört.«

***

Erwartungsvoll lag Gretje in Leons Entspannungsraum auf der Massageliege. Leise Musik plätscherte im Hintergrund, gedimmtes Licht sorgte für eine heimelige Wohlfühlatmosphäre und angenehme Düfte erfüllten den Raum.

»So, meine schöne Friesenrose, dann kannst du jetzt deine Seele baumeln lassen, tief ein- und ausatmen und dabei an etwas Schönes denken.«

Gretje gickelte herum und seufzte, dass sie doch den ganzen Tag nichts anderes tun würde, als ein- und auszuatmen. Leon schob ihre BH-Träger von den Schultern, öffnete den Verschluss und deckte ein Laken über Beine und Po. Behutsam legte er seine Hände auf ihren Rücken und verteilte mit sanften Streichbewegungen angewärmtes Massageöl. Schon bald konnte er fühlen, wie sich ihre Muskulatur immer mehr lockerte.

Die relaxte Stimmung verflog allerdings auf der Stelle, als Onno fluchend und schimpfend die Treppe hinaufpolterte und, ohne vorher anzuklopfen, die Tür aufriss.

»Das habe ich doch gleich gewusst, dass es mit der Ruhe vorbei ist, sobald du wieder an Bord bist.«

14

Gretje zuckte unter Leons Händen zusammen, verärgert drehte sie ihren Kopf zur Tür, dann setzte sich die alte Dame auf und funkelte den Störenfried zornig an.

»Was ist denn plötzlich in dich gefahren?«, blaffte sie ihn an und wäre ihm am liebsten an die Gurgel gesprungen.

»Dein Kumpel Piet ist hier! Aber nicht allein! Der hat noch wen angeschleppt und der will den auch noch bei mir einquartieren. Das hast du dem doch eingeredet!«

»Raus!!!«, keifte sie und wies auf die Tür. »Aber zack, zack!«

»Ich auch?« Leon hielt schützend ein Handtuch vor Gretjes Oberkörper.

»Nee! Du hilfst mir jetzt mal ganz flott wieder auf die Beine. Und dann werde ich den wildgewordenen Jungs da unten mal Feuer unterm Hintern machen!«

»Huch! Da kriege ich ja direkt Angst«, frotzelte Leon. Mit hochrotem Kopf warf sich die kleine Person einen Bademantel über und marschierte die Treppe hinunter. Aufgebracht redete Piet mit Händen und Füßen auf Onno ein, doch beim Anblick seiner Freundin huschte ein erleichtertes Lächeln über sein Gesicht. Neben ihrem hektisch gestikulierenden Freund stand ein milchgesichtiges Bürschchen und beobachtete die Auseinandersetzung. Durch seine dicken Brillengläser blickte der Jugendliche verschüchtert von Gretje Blom zu Piet und dann von Piet zu Onno, sein Notebook fest an die Brust gedrückt.

»Gretje, du machst das!«, befahl Onno. »Sag ihm, dass ich kein Zimmer zu vermieten habe. Auf dich hört er ja.«

»Den Teufel werde ich tun! Das ist deine Friesenrose, du bist der Hausherr, das ist deine Entscheidung! Und du, Piet«, sie tippte ihm auf die Brust, »du verrätst uns jetzt erst einmal, was überhaupt Sache ist!«

»Jau.« Piet räusperte sich mehrmals, dann erklärte er, dass sein Patenkind, damit meinte er den Jugendlichen, der immer noch keinen Ton von sich gegeben hatte, unbedingt Asyl bräuchte.

»Kann der vielleicht auch mal selbst was sagen? Oder ist dein Patenkind taubstumm?« Gretje bohrte Piets Neffen ihren Finger in den Arm, der Junge sollte endlich den Mund aufmachen.

»Aua!«, maulte er und wehrte ihre Hand ab. »Piet hat mir versprochen, dass ich hierbleiben kann.«

»Ach was? Und hast du auch einen Namen?«

»Hmm.«

»Komischer Name!«, erwiderte Gretje nur.

»Jacob. Jacob mit C in der Mitte. Mit C wie Computer«, stellte er sich vor.

»Oh Mann, das hat mir gerade noch gefehlt.«

»Gretje!«, stellte sie sich nun vor und imitierte seine Ausdrucksweise. »Gretje mit J in der Mitte wie ›Junge, Junge, Junge!‹«

»Weiß ich schon von meinem Onkel. Wir wissen alle, dass ihr dicke Freunde seid.«

»Wer weiß das alles?«

»Meine Eltern! Die ganze Verwandtschaft eben. Papa hat auch gesagt, dass der Piet und Gretje, dass da vielleicht was …«

»Was hat mein Bruder denn da wieder für einen Quatsch erzählt?«, hakte Piet nach. Er wollte herausbekommen, was in der Familie noch alles gelästert wurde.

»Vergiss es, Mann. Mein Alter hat sonst nichts gesagt. Kann ich nun hierbleiben? Oder ist das ein Problem für euch?«

Gretje appellierte schließlich an Onnos großes Herz, als das Schweigen unerträglich wurde. »Mensch, Onno, du kannst den Bengel doch nicht vor die Tür setzen! Das passt doch gar nicht zu dir.«

Onno brummelte etwas, das wie ein Einverständnis klang.

»Der Jacob, der ist auch ganz leise. Der ist die meiste Zeit mit seinem Computer beschäftigt. Nicht wahr, Jacob?«

»Der tut nichts, was?«, fragte Gretje spitz.

»Nee!«, bestätigte Jacob einsilbig. »Gibt es hier wenigstens WLAN im Haus?«

»Was denkst du denn? Glaubst du, Norderney liegt hinterm Mond?«, sagte Piet.

Leon zog ein langes Gesicht. Schweren Herzens musste er wohl oder übel sein neu eingerichtetes Entspannungszimmer wieder hergeben. Er vertröstete Gretje mit den Worten: »Aufgeschoben ist nicht aufgehoben! «

»Gut. Dann wäre das Problem ja gelöst. Na los, Jacob, geh nach oben in die Fünf und pack deine Sachen aus!«, kommandierte Piet und atmete erleichtert auf.

»Warte mal! Nicht so schnell!«, donnerte Onno dazwischen, bevor der Junge die Treppe erreicht hatte, und legte ihm seinen Vertrag für ein harmonisches Zusammenleben vor. Ruhezeiten, Aufräumen, Putzen und so weiter, alles war darin geregelt. »So geht das hier. Erst die Unterschrift!«

Jacob kritzelte seinen Namen auf die vorgezeichnete Linie, erst danach las er den Inhalt und fühlte sich voll verarscht. »Was? Ich soll mein Bad selber putzen und auch das Klo? Igitt! Habt ihr denn hier keine Putzfrau?«

»Das werden wir dir schon beibringen, wie das geht«, versicherte Leon, der inzwischen reichlich genervt war von dem neuen Gast. Angewidert zog Piets Neffe mit seinem Gepäck ab und verkrümelte sich in sein Zimmer.

»Na bravo, so einer hat uns noch gefehlt! Sag mal, Piet, warum hast du denn nicht eine süße kleine Nichte? Das wäre mir viel lieber.«

»Leon!«, wies Gretje ihren Lieblingsmitbewohner in seine Schranken, das ging ihr denn doch zu weit. Onno knurrte nur, dass er nicht noch mehr Weiber in seinem Haus ertragen könnte. »Nicht noch mal so ein Weib wie die Lola oder diese Caro! Denn lieber einen Computerheini.« Er stutzte einen Moment, kratzte sich am Kopf und dann verlangte er fünfzig Euro Miete für das Zimmer. »Im Voraus!«

Wortlos schob Piet ihm den Schein rüber, daraufhin holte Onno eine Flasche Schnaps und stellte auch den Sanddornlikör auf den Tisch.

»Fittamine, meine lüttje Friesenrose?«, bot er Gretje an.

Energisch verneinte die alte Dame und widerstand jeglicher Versuchung. »Ich hab dem Leon doch versprochen, dass ich vor der Misswahl kein Tröpfchen anrühre. Ist besser für meine Schönheit!«

4. Kapitel

Die Aufregung um den ungebetenen Gast legte sich schnell wieder, von dem jungen Mann hörte und sah man so gut wie nichts. Gretje war mit ihrem Training für die Misswahl vollauf beschäftigt und legte sich richtig ins Zeug. Täglich walkte sie die Strecke bis zum Januskopf, wobei sie oft von Leon oder Piet begleitet wurde.

Als sie wieder einmal mit Piet unterwegs war, kam sie auf Jacob zu sprechen. »Was ist eigentlich los mit dem Jungen? Der sagt ja keinen Piep. Der ist ja so was von schüchtern, das kann der ja bestimmt nicht von seinem Onkel haben. Geht der denn noch zur Schule?«

»Sind aber man ganz schön viele Fragen auf einmal!«

Vorwurfsvoll sah sie ihn an und wollte wissen: »Wie alt ist der eigentlich? Und das mit der Computerverrücktheit, das hat der doch bestimmt von dir!« Sie waren inzwischen am Riffkieker angelangt und Gretje steuerte zielstrebig auf einen freien Sitzplatz zu.

»Nun erzähl schon, was mit dem Jungen ist!«

»Der Jacob, das ist so ein verwöhnter Nachzügler. Neunzehn ist der jetzt. Hat im Sommer Abi gemacht und weiß noch nicht, was er mal studieren will. Wahrscheinlich etwas mit Informatik, oder auch was ganz anderes. Wer weiß? Eigentlich sollte der Jacob jetzt mit seinen Kumpels auf einer Abifahrt sein. Es war schon alles organisiert, aber der Bengel wollte partout nicht weg. Auf Saufen und Weiber hat er keinen Bock, hat er gesagt.«

»Hat der überhaupt auf irgendwas Bock?«

»Nee!«, seufzte Piet. »Mein Bruder und seine Frau sind mit ihrem Latein auch langsam am Ende.«

»Und dann kamst du als rettender Engel ins Spiel?«

»Jau! Ich konnte das Elend nicht länger mitansehen. Da hab ich mir gedacht, wenn der bei uns am Meer ist, da kann

19

der Junge doch nicht ständig drinnen hocken. Das ist doch unmöglich, das geht doch gar nicht! Mein Bruder hat mir später auch noch im Vertrauen erzählt, dass er glaubt, dass der Jacob unglücklich verliebt ist. Aber das kann ich mir echt nicht vorstellen!«

Gretjes Augen fingen an zu funkeln, zuversichtlich legte sie ihre Hand auf Piets Arm. »Dann ist der Jacob ja vielleicht doch noch zu retten!«, freute sie sich. »Wäre doch gelacht, wenn wir beide das nicht hinkriegen.«

Piet tätschelte ihre Hand, sah sie dankbar an und gab ihr sein Wort, in den nächsten Tagen ein Gespräch von Mann zu Mann mit seinem Neffen zu führen.

»Da musst du aber ein bisschen diplomatisch sein, wenn du mit dem Jungen redest. Nicht, dass der gleich wieder dichtmacht wie eine Auster!«, riet sie ihrem Freund und schnappte sich ihre Walking-Stöcke.

»Rate mal, wer mir auf der Fähre über den Weg gelaufen ist«, sagte Piet auf dem Rückweg, mit einem Grinsen im Gesicht, das nichts Gutes bedeuten konnte.

»Vielleicht Hanne Neumann? Oder das heiße Eisen von Julie, der Sven?«

Piet schüttelte den Kopf. »Nee! Die Rote Lola war an Bord. Habe sie zuerst kaum wiedererkannt. Irgendwie wirkte die so merkwürdig verändert. Die Haare. Und im Gesicht, da sah die auch so anders aus. Die …«

»Ach was!« Gretje Blom blieb wie angewurzelt stehen und schnaubte: »Das Weib will sich schon wieder mit mir anlegen? Die kommt doch hoffentlich nicht auf die Idee und will auch die Krone gewinnen? Das muss ich dem Onno unbedingt erzählen. Nicht, dass die plötzlich wieder bei ihm auf der Matte steht und ihn um den Finger wickeln will.«

»Die hat sich doch bestimmt bei ihrem Schönheitsfritzen eingenistet«, beruhigte Piet sie.

Onnos Blutdruck schnellte in die Höhe, als Gretje ihm die Neuigkeit mitteilte.

»Die Hexe kommt mir nicht ins Haus. Niemals mehr wieder!«, wetterte er. Jacob schnappte Onnos abfällige Bemerkungen zufällig auf, als er damit beschäftigt war, die Terrassenmöbel vom Möwendreck zu reinigen. Ein schadenfrohes Grinsen zeigte sich auf seinem sonst so ernsten Gesicht.

»Nun guck nicht so! Von Frauen verstehst du ja doch nichts. Wenn du immer nur hinterm Computer klebst, dann wirst du sie sowieso nie verstehen können.«

»Ist auch besser so. Wenn ich das hier so mitkriege. Aber … dass du dich da noch dran erinnern kannst, wie das damals gewesen ist. Alle Achtung, Onno!«

»Donnerwetter! Das ist ja 'ne Frechheit! Da steckt ja doch noch Leben bei dir drin«, brummte er grimmig, musste aber trotzdem schmunzeln.

»Fertig! Und nun schalt das WLAN endlich wieder ein.«

»Nee, tu ich nicht! Dumm gelaufen.« Onnos Laune besserte sich, er hatte eine neue Idee, wie er den Jungen beschäftigen konnte.

»Da sind auch noch Gretjes Gummistiefel, die müssen auf Hochglanz poliert werden. Für die Misswahl. Hier! Wenn du damit fertig bist, gucken wir mal, ob das WLAN wieder läuft.«

Jacob zog einen Flunsch und bearbeitete die Stiefel, bis sie glänzten. Er hatte ziemlich schnell kapiert, dass es besser für ihn war, sich nicht mit dem Hausherrn anzulegen. Zu seinen Eltern zurückfahren wollte Jacob auf gar keinen Fall. Nicht jetzt, wo er herausgefunden hatte, dass Eva auf der Insel weilte und in einem Strandlokal arbeitete. Bestimmt würde sie auch an der Misswahl teilnehmen.

»Geht doch!« Onno begutachtete die Stiefel. »Dann kannst du jetzt an deinen PC, das WLAN läuft wieder.«

Wie ein geölter Blitz schoss Jacob an ihm vorbei in sein Zimmer, ein paar Minuten später stürmte er im gleichen Tempo wieder zurück.

»Wo willst du denn hin?«

»Frische Luft schnappen!«

Verblüfft schaute Onno dem Jungen hinterher. Es geschahen also doch noch Wunder. Oder sollte es an der frischen Meeresbrise liegen?

5. Kapitel

Am Tag vor der Misswahl stand nur noch Entspannung für Gretje auf dem Plan. Das spätsommerliche Wetter war für Norderneyer Verhältnisse extrem mild, genau passend für einen schönen Tag am Strand. Nachmittags hatte sie sich mit Piet verabredet, aber vorher bekam sie noch die versprochene Verwöhnmassage von Leon, in seinem Behandlungspavillon am Nordstrand.

Mit dem Bus fuhr sie rechtzeitig hinaus zur Weißen Düne. Unter einem Sonnenschirm vor dem Strandlokal, das wie immer gut besucht war, machte sie es sich in einem Sessel gemütlich. Sie bestellte einen Kaffee und ein Stück von dem ofenwarmen Pflaumenkuchen, den sie so gern mochte. Ein Sonnenstrahl wärmte ihr Gesicht und Gretje träumte davon, wie sie am nächsten Tag auf dem Siegertreppchen stehen würde, mit einem Krönchen auf ihrem weißen Haar. Den Gedanken an Lola hatte sie längst verdrängt, die Frau war keine Konkurrenz für sie. Ihre drei Männer hatten es ihr immer wieder versichert.

Na Freddy, dachte sie, dabei hatte sie das Bild ihres verstorbenen Ehemanns vor Augen. *Das wär's doch noch, wenn aus deiner kleinen Krabbe eine Prinzessin oder eine Königin wird.* Sie kicherte leise. *Was sagst du, das passt nicht zu mir? Ich soll mich nicht lächerlich machen?*

Gretje wurde aus ihren Träumereien geweckt, als eine hübsche junge Bedienung fragte, ob alles in Ordnung wäre und ob sie noch weitere Wünsche hätte.

»Hab ich. Aber das sind alles so Sachen, die kannst du mir nicht erfüllen«, antwortete sie. Das Mädchen lachte und die beiden Frauen plauderten über Wünsche und über die Wahl zur Miss Friesenqueen, zu der die junge Kellnerin sich auch angemeldet hatte. Gretje bedankte sich mit einem großzügigen Trinkgeld bei dem Mädchen und sagte anerkennend, dass sie einen tollen Job machte.

»Wir sind einfach ein gutes Team, wir haben meistens viel Spaß bei der Arbeit. Und wenn wir dann noch so liebe Gäste haben und die Sonne scheint«, sie zwinkerte Gretje zu, »dann läuft's einfach.«

»Tschüss denn, ich muss langsam los. Hab nämlich gleich einen Verwöhntermin in der Massagehütte unten am Strand.«

»Bei Leon? Grüß ihn ganz herzlich von mir.«

»Mach ich. Von wem denn?«

»Von Eva. Ich habe auch schon mal das Vergnügen bei ihm gehabt. Da schwebst du anschließend raus und fühlst dich wie neugeboren.«

Gretje kicherte. »Nun, so jung muss ich denn auch nicht wieder werden.« Barfüßig schlappte sie über den Holzsteg hinab zum Strand und wartete zur verabredeten Zeit vor der improvisierten Kabine.

»Hereinspaziert!« Leon hatte alles vorbereitet, Gretje konnte es sich sofort auf der Liege gemütlich machen. »Nun, meine schöne Friesenrose, wie geht es dir? Bist du schon aufgeregt wegen morgen?«

»Aufgeregt? So ein Quatsch. Warum das denn? Ist doch alles nur ein Spaß! Ich habe eben noch ein Stückchen Kuchen gegessen und soll dich auch ganz lieb grüßen.«

»Von wem denn? Von Eva?«

»Hm«, bestätigte sie und gab sich den Berührungen seiner Hände hin, die sanft vom Haaransatz abwärts glitten. Wohlig seufzend hörte sie nur noch mit halbem Ohr zu, was Leon von sich gab. Anscheinend entspannte er in den letzten Tagen nur noch Frauen, die alle die Krone gewinnen wollten.

»Schon fertig?« Sie blinzelte, setzte sich langsam auf und angelte nach ihrem Portemonnaie. Leon wurde richtig böse, als sie einen Schein herausholte und ihn bezahlen wollte. Das kam überhaupt nicht infrage!

»Hab ich dir doch versprochen! Kleines Geschenk, weil du es bist.« Mit einem Küsschen verabschiedete er sie und fragte, ob sie gleich in den nächsten Bus steigen würde.

»Nee, bin noch mit Piet verabredet. Der wartet bestimmt schon auf mich.«

»Oho, die gnädige Frau hat noch ein Date.« Er winkte ihr hinterher und wandte sich seinem nächsten Termin, einer jungen Frau, zu, die mit spitzer Zunge bemerkte, dass sie schon ein paar Minuten wartete. Zum Glück bekam Gretje Blom nichts von den Lästereien der unverschämten Zicke mit, die sich über das ›Gammelfleisch‹, an dem Leon sich stundenlang abgearbeitet hatte, lustig machte. Sie schwebte entspannt zurück zur Weißen Düne.

Schon aus einiger Entfernung sah sie Piet in einem Strandkorb sitzen. Wie immer, wenn er warten musste, spielte er mit seinem Handy.

»Ich geh erst mal zum Klo«, begrüßte sie ihn, deponierte ihre Sachen auf der Sitzbank und machte sich auf den langen Weg, vorbei an einer Reihe von Tischen, an denen gut gelaunte Menschen saßen, die die letzten Sommertage genossen. Leicht bekleidete Frauen hüllten sich in Decken, andere wiederum, die mit dem Rad gekommen oder am Strand entlanggelaufen waren, zogen ihre Jacken aus.

Von Weitem erkannte sie Eva, die nette Bedienung, die an einem Strandkorb lehnte und sich mit einem Gast unterhielt. Gretje ging auf sie zu, um ihr Leons Grüße auszurichten. Sie sprach sie dann aber doch nicht an, weil das Mädchen leise, aber ohne Zweifel sehr verärgert mit einem Gast stritt. Unauffällig lauschte sie und schnappte ein paar Sätze auf.

»Spinnst du? Was willst du denn noch von mir? Du verfolgst mich jetzt also schon bis auf die Insel! Vergiss es. Es ist vorbei! Für immer! Tut mir leid.«

»Quatsch! Ich will nur wissen, wie es dir geht.« Die männliche Stimme kam ihr bekannt vor. »Können wir uns nicht noch ein einziges Mal treffen?«

Mit ihrer riesigen Sonnenbrille getarnt, schlenderte Gretje wie eine Hobbydetektivin an dem Korb vorbei, schaute sich unauffällig um und sah ihre Vermutung bestätigt. Es war wirklich Piets Neffe Jacob, der da auf Eva einredete und ein Date von ihr forderte!

Piet winkte lässig ab, als sie ihm ihre Beobachtungen mitteilte. Erfreut stellte er fest, dass er jetzt eine Sorge weniger hätte, und meinte, dass so etwas zum Erwachsenwerden nun mal dazugehörte. »Das wird ja auch man Zeit, dass der Junge langsam anfängt, sich für Mädchen zu interessieren und nicht nur für seinen Computer.«

6. Kapitel

Am Tag der Misswahl machte Gretje sich nach einem ausgiebigen Frühstück mit ihren vier Männern auf den Weg zum Treffpunkt für die Bewerberinnen.

Am Kurpark hoben sich die leuchtend weißen Pagodenzelte schon von Weitem gegen den grauen Himmel ab. Für das leibliche Wohl war gesorgt, ebenso mit einem Extraprogramm für die Kids. Schillernde Seifenblasen schwebten durch die Luft und geschminkte kleine Prinzessinnen, vorwiegend in Rosarot gekleidet, liefen über den roten Teppich, der sich quer durch die Konzertmuschel schlängelte. Auf diesem Laufsteg sollten nachher die Ostfriesinnen ihre Originalität unter Beweis stellen. Etwas weiter hinten fand die fünfköpfige Jury ihren Platz und am Aufgang zur Bühne glänzte ein metergroßer Gong wie eine goldene Sonne. Mit Begeisterung und Temperament entlockten die lieben Kleinen der Messingscheibe wunderbare Klänge, wenn sie mit ihren Händchen darauf klatschten oder ein Spielzeug zu Hilfe nahmen. Die Eltern lobten das musikalische Talent ihrer Kinder und freuten sich auf ein paar unbekümmerte, unterhaltsame Stunden.

»So, Jungs, dann drückt mir mal die Daumen«, sagte Gretje, nahm Piet die Tasche mit ihren Klamotten ab und marschierte schnurstracks ins Conversationshaus.

»Toi, toi, toi!«, riefen Piet, Onno und Leon ihr nach. Sogar Jacob hob die Hand und winkte. Diese sympathische Geste konnte allerdings auch Eva gelten, die zur gleichen Zeit mit ihren Mädels und ein paar Jungs aufgeregt schnatternd eintraf.

***

Die Eröffnung der Misswahl wurde mit einem mächtigen Gongschlag eingeleitet, im selben Moment riss die Wolkendecke auf und ein goldener Sonnenstrahl verbreitete eine heitere Atmosphäre. Alle Augen waren auf die Bühne gerichtet, auf der die strahlenden Ostfriesinnen einmarschierten und sich in drei Reihen aufstellten.

Sandra Wagner, eine eigens für die Veranstaltung engagierte Moderatorin, begrüßte die Zuschauer mit einem kernigen »He, liebe Norderneyer« und »Moin, liebe Gäste! Willkommen zur Wahl der ersten Miss Friesenqueen!«. Spätestens jetzt erkannte man an ihrer volltönenden Stimme, dass sie nicht Heidi Klum persönlich war, sondern nur eine Doppelgängerin.

»Das heißt Friesenkönigin!«, protestierte eine Kandidatin ziemlich laut. Piet stieß Onno an, das konnte nur Gretje gewesen sein. Sie regte sich jedes Mal auf, wenn jemand Friesenqueen sagte, und plapperte wie ein dressierter Papagei Friesenkönigin hinterher. Die Moderatorin ließ sich durch den Einwand nicht aus der Ruhe bringen. Souverän verwendete sie die deutsche neben der englischen Bezeichnung und schlich sich damit in die Herzen der Zuschauer.

»Wie Sie wissen, dürfen nur echte Ostfriesinnen hier oben auf der Bühne stehen. Die Personalien wurden strengstens überprüft und ich kann Ihnen versichern, diese Ostfriesinnen sind alle echt! Ach ja, und für diejenigen, die es noch nicht wissen sollten, auch Norderney gehört zu Ostfriesland.«

Mit einem Augenzwinkern fuhr sie fort. Sie erzählte, dass die Zahl der Anmeldungen die Erwartungen des Veranstalters weit übertroffen habe und dass ein Teil der Bewerberinnen bei der Vorauswahl, es ging um Quizfragen rund um Ostfriesland, schon ausgeschieden war. Nach einem Blick auf ihren Spickzettel testete sie auch das Publikum.

»Nennen Sie mir doch einmal die Ostfriesischen Inseln in der richtigen Reihenfolge von Ost nach West! Wer es weiß, bitte melden!« Durcheinander wurden alle möglichen Inselnamen zugerufen, auch Sylt war dabei. Kopfschüttelnd verneinte sie. Norderney wurde vielfach an erster Stelle genannt, doch auch das war verkehrt.

»Mit diesen Antworten wären Sie leider auch durchgefallen. Die richtige Reihenfolge ist: Wangerooge, Spiekeroog, Langeoog, Baltrum, Norderney, Juist und Borkum! Schwierig? Nicht, wenn Sie sich den folgenden Satz merken: Welcher Seemann liegt bei Nelly im Bett? Der Anfangsbuchstabe jedes Wortes steht für eine der Inseln. Außer bei Juist, da haben wir ein wenig geschummelt. Möchten Sie noch eine Frage?« Das Publikum ging voll mit, es wollte mehr. »Wie begrüßt man sich in Ostfriesland?«

»Moin, moin!«

»Nein, das ist leider auch nicht ganz richtig. In Ostfriesland begrüßt man sich nur mit dem einfachen *Moin*. Und die Norderneyer sagen untereinander *He!*, wenn sie sich treffen.«

»Ah!«

Es wurde etwas ruhiger. »Wie heißt die Hauptstadt von Ostfriesland?« Niemand konnte es richtig beantworten, schließlich gab es auch keine offizielle Hauptstadt von Ostfriesland.

»So, eine letzte Quizfrage habe ich noch für Sie. Was ist Thalasso?«

»Ein Cocktail«, rief eine vorwitzige Dame und brachte damit nicht nur Sandra Wagner zum Lachen.

»Nein, leider verkehrt! Auf die Idee sind aber auch schon andere gekommen.« Aus dem Publikum kam der Vorschlag, einen gleichnamigen Cocktail doch einfach zu erfinden.

»Wie Sie sehen, haben wir es den Bewerberinnen nicht leicht gemacht. Sechsunddreißig Frauen dürfen nun zeigen, was in ihnen steckt, doch nur eine ...« Sie machte auf Heidi Klum, setzte einen strengen Blick auf und beendete ihren Satz mit den Worten: »Doch nur eine von ihnen kann gewinnen!«

Dann erläuterte Sandra Wagner die Aufteilung der Altersgruppen in S, M und L. »Hat jemand eine Idee, wofür die Abkürzungen stehen könnten?« Ein Zuschauer erdreistete sich und rief: »Super, mittel und langweilig!« Vernichtende Blicke und Buhrufe straften ihn und brachten ihn schnell wieder zum Schweigen.

»Also bitte!«

»In Gruppe S sind unsere Jüngsten vertreten, achtzehn bis neununddreißig Jahre sind sie jung. Unsere Seesterne! Das M steht für die Frauen mittleren Alters, von vierzig bis Mitte sechzig, unsere Muscheln. Und das L steht für die älteren Teilnehmerinnen ab fünfundsechzig, unsere Leuchttürme. Wir haben sie so genannt, weil man in dem Alter meistens fest im Leben steht, wie ein Leuchtturm. Sicherlich haben diese Frauen mit ihrem Licht schon so einigen Menschen geholfen, den richtigen Weg zu finden.«

»Jau! Das kann man wohl sagen!«, polterte Gretje dazwischen. »Nun mach mal hinne. Wie lange sollen wir denn noch warten, bis das Spektakel richtig losgeht?« Ihre Bemerkung war ganz im Sinne des Publikums.

Sandra Wagner beeilte sich und stellte nur noch schnell die Jury vor. Nacheinander erhoben sich eine Mitarbeiterin der Kurverwaltung, der Ausrufer der Insel, den viele Gäste von den Stadtführungen her kannten, der umschwärmte Starfriseur Theo, Edda vom Norderneyer Inselblättchen und ein attraktiver Mann mittleren Alters, der sich mit dem Namen Scholle, Scholle wie der Fisch, vorstellte und eine wichtige Persönlichkeit in der Gastronomie sein sollte.

Mit dem Gongschlag lief die Zeit für die erste Aufgabe, das Knüpfen eines Seemannsknotens. Die schnellsten fünf aus jeder Gruppe würden nominiert werden für die nächste Runde.

Gretje schlang in null Komma nix das eine Seilende um das andere, so lang, bis der Knoten perfekt war. Das ist doch Kinderkram, lachte sie und war somit eine Runde weiter. Neben ihr kämpfte Lola mit Fingernägeln, die wie gefährliche Krallen aussahen, mit ihrem Seil. Auch sie kam zu Gretjes Entsetzen eine Runde weiter. Seit ihrem letzten Zusammentreffen wünschte sie der Erzfeindin nur noch die Pest an den Hals.

Bei den Muscheln konnten sich Trude und Hanne Neumann platzieren und auf die nächste Aufgabe freuen. Bei den Seesternen gewann die hübsche Bedienung Eva haushoch vor den anderen das Rennen. Sie band einen akkuraten Seemannsknoten in einer Geschwindigkeit, als würde sie sich die Schuhe zuschnüren.

»Nicht immer führt die ostfriesische Langsamkeit zum Ziel. Aber … dabei sein ist alles!« Der Spruch sollte wahrscheinlich ein Scherz sein, mit dem die Moderatorin die Verliererinnen verabschiedete, kam aber bei den anwesenden Ostfriesinnen und Ostfriesen nicht besonders gut an. Bedröppelt nahmen die Frauen eine eigens für die Misswahl entworfene Teetasse in Empfang. Mit dem Trostpreis zusammen durften sie sich vom Inselfotografen Ole Mattheis ablichten lassen.

Nach einer kurzen Pause zum Umziehen folgte die nächste Aufgabe. Ein Catwalk wurde angekündigt, den die Welt, zumindest die ostfriesische Welt, noch nicht gesehen haben sollte. Aus dem Garderobenzelt hinter der Konzertmuschel schallten zur Erheiterung der Zuschauer Kichern, Lachen und Gezicke nach draußen. Ganz offensichtlich hatte jemand vergessen das Mikrofon auszuschalten.

»Nun, liebes Publikum, ein besonderes Highlight, auf das ich selbst sehr gespannt bin, erwartet uns jetzt. Hier kommen sie nun, Ostfriesinnen, die den Laufsteg erobern!« Mit diesen Worten gab sie dem Herrn am Gong das Zeichen, die zweite Runde einzuläuten. »Unsere Heldinnen des Catwalks präsentieren sich nicht auf Highheels.«

»Buh!«

»Nein, sie präsentieren das, was praktisch, gut und auch noch schön ist. Gummistiefel und Friesennerz! Was sie allerdings unter dem Nerz tragen, das weiß auch ich nicht. Lassen wir uns überraschen!«

Im Gänsemarsch spazierte eine nach der anderen über die Bühne. Sie verneigten sich vor dem Publikum und stolzierten mit coolem Gesichtsausdruck wieder zurück. Bei ihrem Soloauftritt sollten sie sich dann mit ihrem Namen, etwas Posing und einem kurzen Satz präsentieren und auf diese Weise ihre Originalität beweisen.

Gretje wartete schon ungeduldig am Eingang des Garderobenzeltes, bis sie an der Reihe war. Ihre Füße steckten in den auf Hochglanz polierten Gummistiefeln, dazu trug sie einen Friesennerz ohne jeglichen modischen Schnickschnack. Erstaunt sah sie Jacob an, der in der Nähe angelehnt an der Konzertmuschel stand und auf seinem Smartphone herumtippte. Er hatte sie überhaupt nicht kommen sehen.

»Was machst du denn hier?« Erschrocken fuhr er zusammen.

»Dir die Daumen drücken«, murmelte er, dabei sah er allerdings kaum auf. »Toi, toi, toi!«

»Na so was!« Eilig erklomm sie die Stufen, winkte wie Queen Mum in die Menge und stapfte mit weit ausholenden Schritten auf die Mitte der Bühne. Dort blieb sie stehen, lächelte und nahm die Kapuze vom Kopf.

»Moin! Ich bin die Gretje und in meinen Adern fließt echtes Ostfriesenblut. Und ich habe das verdammte Glück, mit drei Kerlen zusammenzuwohnen, wenn ich hier auf der Insel bin. Junge, Junge, Junge! Das ist nicht immer leicht, das könnt ihr mir glauben.« Sie zeigte auf Onno, auch auf Piet und grinste ihn an. Mit offenem Mund verfolgte der alles, was sie sagte und tat.

»So, nun will ich euch mal was bieten, damit euch das hier nicht zu langweilig wird.« Sie drehte sich einmal um die eigene Achse, wackelte mit dem beachtlichen Hinterteil und ließ die wetterfeste Jacke so weit von den Schultern gleiten, bis man ihr Tattoo erkennen konnte. »Ihr müsst nämlich wissen, dass ich eine Seemannsbraut bin, und der Freddy«, sie zeigte auf den eintätowierten Anker, neben dem sein Name stand. »Der Freddy, das war mein Kapitän, mit dem habe ich die Klippen des Lebens umschifft. Der Freddy, der ist nun leider nicht mehr, aber der wäre jetzt tüchtig stolz auf sein altes Mädchen.« Sie bedeckte die Schulter wieder und gemächlich drehte sie ihre Runde zu Ende.

Mit einem grandiosen Beifall belohnte das Publikum ihren Auftritt. Sandra Wagner gab Gretje mit unmissverständlichen Handzeichen zu verstehen, dass sie sich kurzfassen sollte, aber die hatte keine Augen für die Moderatorin. »Nun ist es aber man gut. Es soll ja auch noch weitergehen«, beschwichtigte die Seniorin die Menge und trat ab. Unten stieß sie wieder mit Jacob zusammen, er stand noch immer an derselben Stelle wie vor ihrem Auftritt.

»Na, mien Jung, was meinst du, war ich gut?« Geistesabwesend sah er sie an, nickte zustimmend und legte schützend eine Hand über das Display seines Handys. Doch Gretje Blom hatte die Nachricht längst gelesen.

»Dass du das bloß nicht vergisst, dass du in der Pause am Kuchenstand Dienst hast. Anderenfalls nehme ich dich an die Hand und bringe dich persönlich zu deinen Torten«, drohte sie dem Computerfreak. Bei den Worten schreckte Jacob auf, er versprach ihr hoch und heilig, dass sie sich auf ihn verlassen könnte. Die wenigen Tage mit ihr unter einem Dach hatten ihm gereicht, um zu wissen, dass sie vor derart peinlichen Aktionen nicht zurückschrecken würde.

»Nee, ich vergesse das wirklich nicht!«, bekräftigte er noch einmal. »Reg dich mal nicht gleich so auf. In deinem Alter solltest du auch mal an dein Herz denken. Ich stell mir den Wecker.« Zum Beweis hielt er ihr sein Smartphone hin, in das er die Zeit einprogrammiert hatte.

»Na also, geht doch! Und über dat mit dem Herz, da sprechen wir noch. Dein Herz ist ja auch in Gefahr. Ich sag nur: Eva!« Mit einem Blick, der keinen Zweifel daran ließ, dass sie alles wusste, sah sie ihm tief in die Augen.

Jacob starrte die alte Dame fassungslos an. »Du hast doch nicht alle Tassen im Schrank!«

Gretje war sich nun hundertprozentig sicher, dass sie voll ins Schwarze getroffen hatte, und ging zu den anderen zurück ins Zelt.

Mit Argusaugen verfolgte Gretje Lolas Bemühungen, in ihren Gummistiefeln mit dem modischen Wildkatzenprint jung und verführerisch den Laufsteg zu erobern. Eingehüllt in einen modischen Parka hatte sie die Kapuze mit dem kuscheligen Pelzbesatz weit ins Gesicht gezogen. Unter der Kapuze konnte man nur eine vorwitzige rote Locke und ihren tiefrot geschminkten Mund erkennen. Der bekannte Schönheitschirurg Rob van Geldern war bei seiner kurzzeitigen Freundin am Werk gewesen und hatte ihre Lippen neu definiert. Gretje schmunzelte und gab ihrer Konkurrentin den Spitznamen *Fischmaul*.

Lolas gestelzter Lauf über den roten Teppich wirkte weder leicht noch locker, registrierte Gretje mit einem teuflischen kleinen Grinsen. Sollte das womöglich an dem bisschen

Sand liegen, das ihr versehentlich in Lolas Stiefel gerieselt war? Doch Lola hatte Glück, trotz Watschelgang kam sie eine Runde weiter. Nach der anschließenden Mittagspause durfte also auch das Fischmaul wieder antreten und um das Krönchen kämpfen.

»Um fünfzehn Uhr treffen wir uns hier wieder!«, verkündete Sandra Wagner und blickte sorgenvoll hinauf in das dunkle Grau des Himmels. »Hoffentlich hält sich das Wetter bis abends zur Siegerehrung. Aber nun stärken Sie sich erst einmal bei einem deftigen Eintopf oder bei Kaffee und einem Stück Kuchen. Die Torten sind von Norderneyer Hausfrauen mit viel Liebe gebacken. Der Erlös ist für einen guten Zweck, für unsere Jungs und Mädels von der Seenotrettungsgesellschaft, die bei Wind und Wetter schon so manches Leben gerettet haben.«

»Jau!«, bekräftigte Gretje. »Haut man tüchtig rein!« Sie nickte Jacob zu und wartete ab, bis er sich in Bewegung setzte. Der frischgebackene Abiturient machte sich, ihrer Meinung nach, zwischen den Hausfrauen und dem Kuchen eigentlich recht gut. Sie winkte ihm freundlich zu, suchte sich einen Sitzplatz und schickte Piet los, um eine kleine Stärkung zu holen. Onno entdeckte sie nicht in dem Getümmel, wahrscheinlich war der mal eben für große Jungs. Aber Gretjes scharfem Blick entging nicht, dass Leon mit Ida zum nahe gelegenen Badehaus schlenderte. Wahrscheinlich hatte er Julie versprochen, sie auf dem Laufenden zu halten. Die Ärmste musste dummerweise arbeiten und konnte nicht miterleben, wie sich Trude, ihre Chefin, bei der Misswahl behauptete.

7. Kapitel

Nach der Pause fanden sich die Kandidatinnen wieder in ihrem Zelt ein. Pünktlich um drei schepperte der Gong und sorgte für Aufmerksamkeit. Sandra Wagner sorgte in neuem Outfit für Stimmung, während Gretje drinnen saß und durchzählte, ob sie alle wieder an Bord waren. Auch beim zweiten Durchzählen kam sie nur auf acht statt auf neun Friesenqueenanwärterinnen. Sich selbst hatte sie dabei schon mitgerechnet. In der Gruppe der jungen Ostfriesinnen, da fehlte eine Frau. Eva!

»Was ist denn mit der Eva los?«, erkundigte sie sich bei den anderen Seesternen. »Ist dat Wicht noch mal eben die Nase pudern gegangen?«

Ein gelangweiltes Schulterzucken war die Antwort. »Keine Ahnung!« Die beiden anderen Seesterne waren in ihre Spiegelbilder vertieft, sie lächelten sich selbst zu und studierten alberne Posen ein. Es schien sie nicht sonderlich zu interessieren, dass Eva noch fehlte.

Gretje gab Sandra Wagner ein Zeichen, dass sie mit der Eröffnung noch ein paar Minuten warten sollte. Die Moderatorin sah beschäftigt darüber hinweg, sie war wieder voll in ihrem Element, schnackte mit dem Publikum und schickte Stoßgebete zum Himmel, mit denen sie den Wettergott gnädig stimmen wollte. Er sollte ihr einen Gefallen tun und die Nebelschwaden, die sich über die Insel gelegt hatten, wieder lichten. Während der Pause war es feucht und kühl geworden, genauso, wie es auch vorhergesagt worden war. Zum Glück merkte man im Ortskern noch nicht allzu viel davon.

»Liebes Publikum, bei der nächsten Aufgabe seid ihr gefragt! Hier sind sie wieder, unsere gestandenen Ostfriesenmädels, wir starten diesmal mit unseren bezaubernden Muscheln. Euer Applaus entscheidet, welche von ihnen ins Finale geht. Denn …« Wieder sprach sie den Satz nicht zu Ende und beschwor Spannung herauf. »… denn nur eine unserer Kandidatinnen kann die Miss Friesenqueen werden.«

»Friesenkönigin!«, verbesserte Gretje Blom lautstark.

Als Erste erklomm Trude die Bühne. Entschlossen griff sie zum Mikro, scherzte mit dem Publikum, gab kleine Anekdötchen aus ihrem Alltag in der Bäderabteilung zum Besten und brachte dann mit einem Witz alle zum Lachen. Den ersten Teil der Aufgabe hatte sie schon mal mit Bravour gemeistert. Als Nächstes sollte sie eine witzige Grimasse schneiden. An sich war das kein Problem für Trude, aber in der Gewissheit, dass der Inselfotograf diese Faxen für die Ewigkeit festhalten und sie sogar im Internet verbreiten wollte, bereitete ihr das Bauchschmerzen. Aber da musste sie durch, wenn sie gewinnen wollte.

Ausgerechnet in dem Moment, als sie beherzt loslegte, meldete sich der Inselfriseur aus der Jury zu Wort und machte auf ein kleineres Problem aufmerksam. Er zeigte auf den freien Platz neben sich und verkündete, dass Herr Scholle sich entschuldigen ließe. Das Stück Torte war ihm anscheinend nicht gut bekommen, ergänzte er und unterstrich mit einer eindeutigen Geste und einem Hauch Schadenfreude im Blick, worunter Scholle litt.

Gretje hörte nur mit einem Ohr zu, was die Jury beschlossen hatte. Sie dachte an Piets Neffen und hoffte inständig, dass der Bengel mit der Unpässlichkeit des Herrn Scholle nichts zu tun hatte! Auch wenn sie mit Piet noch so gut befreundet war, für Jacob würde sie ihre Hand nicht ins Feuer legen. Sie hatte den Jungen nämlich hinter dem Kuchenbuffet beobachtet, und sein bockiges Verhalten war ihr dabei nicht entgangen. Jacob hatte dem kränkelnden Herrn Scholle das gewünschte Tortenstück ziemlich lieblos auf den Teller geklatscht und zu allem Überfluss auch noch mit dem Sahnespender auf den smarten Typen gezielt. Sie hatte so grinsen müssen bei der Szene und nur darauf gewartet, dass er es wirklich tat. Aber das sollte sicher nur ein Spaß sein, der bei dem schnieken Herrn aber nicht besonders gut ankam. Hinter Scholles Rücken hatte der Bengel ihm dann auch noch den Stinkefinger gezeigt. Während die Moderatorin immer noch redete, hielt Gretje nach Jacob Ausschau, konnte ihn aber beim besten Willen nirgends entdecken. Auch nicht, als sie sich auf einen Hocker stellte.

»Etwas Schwund ist immer!«, rief einer der gut gelaunten Zuschauer und verlangte lautstark, dass es weiterging. Die Jury entschied zur Erleichterung der Zuschauer, in diesem Fall ohne den werten Herrn Scholle fortzufahren.

Sie nickten Trude aufmunternd zu, sie sollte jetzt eine Grimasse schneiden. Widerwillig kullerte sie mit den Augen, zog die Nase kraus, legte die Stirn in Falten und röchelte dazu wie ein kleiner Mops. Der Fotograf tänzelte um sie herum, in immer schnellerem Takt klickte der Auslöser und brachte Trude mehr und mehr aus dem Konzept. In seiner Nähe schaffte sie es einfach nicht, locker zu werden.

Sie bekam noch einen letzten Versuch, bei dem sie ihre Originalität unter Beweis stellen konnte. Jetzt streckte sie die Zunge heraus, schob sie so weit nach oben, bis sie mit der Spitze die Nase berührte, auf die sie zusätzlich noch schielte. Sie sah urkomisch aus! Ihr Brustkorb hob und senkte sich gleichmäßig, für ein paar Sekunden konnte sie diese Grimasse so halten. Doch plötzlich stürmte ein etwa zehnjähriger Junge auf die Bühne und rannte sie fast über den Haufen. Er flitzte zur Moderatorin und überreichte ihr einen Zettel. Genauso schnell, wie er aufgetaucht war, sprang er die Stufen wieder hinunter und verschwand in der Menge.

Sandra Wagner drehte eine Strähne ihrer blonden Mähne zwischen den Fingern, übertrieben langsam faltete sie dann das Papier auseinander, las lautlos den Inhalt und schüttelte den Kopf. Noch einmal überflog sie den Text, ging zur Jury und legte ihnen die Nachricht auf den Tisch. Die vier rückten zusammen, schweigend nahmen sie zur Kenntnis, was darauf geschrieben stand, und fingen an zu flüstern.

»Was ist denn jetzt schon wieder los?«, schimpften ein paar Ungeduldige. »Wird das Ganze jetzt nach drinnen verlegt?« Diese Frage war nicht unberechtigt, denn der Nebel hatte mittlerweile auch den Kurpark erreicht. In den nächsten Minuten würde man dort vermutlich nicht mehr viel sehen können.

»Nur eine kleine Panne«, rief die Moderatorin und bespaßte das Publikum, um es bei Laune zu halten. »Die Jury zieht sich für ein paar Minuten zur Beratung zurück. Es sieht ganz danach aus, als müssten wir doch noch zu Plan B greifen.« Sandra Wagner plauderte mit gekünstelter Fröhlichkeit weiter. »In zwanzig Minuten sehen wir uns zum Finale im Conversationshaus wieder!« Mit erhobenem Zeigefinger scherzte sie: »Nicht, dass Sie sich noch verirren bei dem Nebel! Ha, ha!«

Gretje nutzte die kleine Auszeit für einen Plausch mit ihrem Freund Piet. Dass sie Jacob nirgends entdecken konnte, ließ ihr keine Ruhe, sie hoffte inständig, dass er wenigstens seinem Onkel Bescheid gesagt hatte, wo er hinwollte.

»Nee. Ich habe keine Ahnung, wo der hinwollte.« Piet wusste also auch nichts, im Gegenteil, er hatte selbst schon nach Jacob Ausschau gehalten.

»Das gibt's doch nicht! Das hättest du dem aber längst mal beibringen können, dass der was sagt, wenn er verschwindet.«

»Nun reg dich mal nicht gleich so auf, der kommt schon wieder. Das ist dem bestimmt zu langweilig geworden. Wahrscheinlich sitzt der längst wieder vorm Computer.« Piet legte ihr beruhigend die Hand auf die Schulter.

»Das würde dem Bengel ähnlichsehen. Ruf ihn doch mal an, das will ich genau wissen.« Von dem Streit zwischen Jacob und Herrn Scholle sagte sie zu Piet kein Wort.

»Das Jüngelchen, das hat sich schon in der Mittagspause verdrückt«, wusste Onno zu berichten. »Mit so einem süßen Seestern mit dunklen Haaren.«

»Ach was!« Gretje machte sich ihren Reim darauf. »Dann hat der die Eva also doch noch rumgekriegt! Zu einer richtigen Verabredung. Das Kerlchen hat das aber faustdick hinter den Ohren. Was ist denn nun, Piet? Hat dein Neffe sich immer noch nicht gemeldet?« Fragend sah sie zu ihm auf. Ihr kam ein Verdacht in den Sinn, der allerdings völlig absurd schien. »Der wird doch nicht etwa, mit der Eva …?« Gretje stockte. Sie wagte nicht, es auszusprechen, ihre Mimik verriet allerdings, was sie dachte. Für Piet sprach sie in Rätseln. Leon war der Einzige, der ahnte, worauf sie hinauswollte.

»Glaubst du wirklich, dass unser Computerspezi sich mit der Eva in die Friesenrose abgesetzt hat und mit ihr …« Gretje Blom nickte stumm. »… mit Eva das Paradies entdeckt«, umschrieb Gretje, was sie dachte.

»Gretje!« Leon schüttelte den Kopf und tat so, als wäre er entsetzt. Der Spruch hätte auch von ihm sein können. »Nee, also ehrlich, das kann ich mir beim besten Willen nicht vorstellen. Bei jedem anderen, aber nicht bei Jacob!«

»Was soll das denn heißen?«, verteidigte Piet nun sein Patenkind. »Du bist doch auch so einer, der nichts anbrennen lässt! Mein Jacob, der ist ein erwachsener Kerl! Und hier, in der guten Seeluft, da können die Hormone schon mal ganz schön verrücktspielen.« Piet klang sehr überzeugend, seine Hormone spielten vermutlich auch manchmal verrückt. Vielleicht gerade dann, wenn er nachts mit Gretje allein im Strandkorb saß.

Leon grinste wissend. Onno zog mit den Fingern Kreise auf seinem Kopf, als wollte er die Gedanken darin ordnen, dann setzte er seine Kopfbedeckung wieder auf und verabschiedete sich Richtung Heimat.

»Das will ich jetzt wissen!«, brummelte der alte Seebär. »Der kann sich auf was gefasst machen, wenn ich den erwische.« Eilig stapfte Onno Fokken davon, zurück in sein schmuckes Häuschen, in die Friesenrose. Bereits nach wenigen Metern war von dem riesigen Kerl nichts mehr zu erkennen, der Nebel hatte ihn verschluckt.

Das Organisationsteam griff zu Plan B, denn auf der Insel musste man immer mit unerwarteten Wetterumschwüngen rechnen, und setzte die Veranstaltung drinnen fort.

»Was ist denn nun eigentlich los? Was war das für eine seltsame Nummer mit diesem Jungen und dem Zettel? Habt ihr eine Ahnung, was darauf geschrieben stand?«, fragte Gretje ihre Mitstreiterinnen, die in der Garderobe wild durcheinanderschnatterten. Nichts Genaues wusste man, aber Evas Name fiel immer öfter. Das Mädchen war immer noch nicht von der Pause zurück.

»Angeblich soll Eva einen Rückzieher gemacht haben«, flüsterte Trude ihr zu.

»Ach was!«

Sie stellten die dollsten Überlegungen an, was denn alles dahinterstecken könnte. Trude gegenüber erwähnte Gretje vorsichtshalber nichts davon, dass Jacob auch verschwunden war. Sie sah auf die Uhr und dachte noch daran, bei Onno anzurufen, doch der Gongschlag ließ ihr keine Zeit mehr dazu. Sandra Wagner betrat mit dem mysteriösen Zettel in der Hand die Bühne.

»Liebe Zuschauer, wir wollen Sie nicht länger im Unklaren lassen, was es hiermit auf sich hat.« Sie hielt den Zettel in die Luft und fragte das Publikum, ob jemand den Jungen kennen würde, der ihn überbracht hatte, oder ob er zufällig im Raum wäre. Es meldete sich niemand und sie las die handgeschriebenen Zeilen vor.

»Also, hier steht geschrieben:
Es tut mir wirklich leid, das müsst ihr mir glauben. Aber ich ziehe meine Kandidatur zur Wahl der Miss Friesenqueen zurück! Ich fühle mich dem Stress einfach nicht gewachsen. Sucht bitte nicht nach mir. Ich bin schon auf der Fähre, wenn ihr diese Nachricht bekommt. Eure Eva.«

Man hätte einen Wattwurm im Sand husten hören können, so still war es geworden, doch dann redeten wie auf ein geheimes Kommando hin plötzlich alle durcheinander.

»Das kann nicht sein! Nie und nimmer!«, übertönte jemand aus Evas Clique die anderen Zuschauer.

»Darüber reden wir später.« Sandra Wagner zeigte auf die Uhr. »The Show must go on!«, rief sie und forderte Trude auf, dort weiterzumachen, wo sie unterbrochen worden war.

Nach Trudes Auftritt sollten die Seesterne zeigen, was sie draufhatten. Auch sie sollten einen Witz erzählen und eine Grimasse schneiden. Die beiden jungen Kandidatinnen gaben wirklich alles und scheuten sich nicht, bis an die Grenzen der Peinlichkeit zu gehen. Der Applaus war phänomenal, doch nur eine von ihnen konnte ins Finale vorrücken.

Während das Publikum noch applaudierte, schickte Gretje ihrem Freund Piet eine *WartsAb*, wie sie es nannte, und fragte nach, ob er was von Onno gehört hätte. Piets Antwort ließ nicht lange auf sich warten, der Junge war nicht zu Hause. Sie hätte gern noch weiter nachgehakt, aber Sandra Wagner schob sie eigenhändig auf die Bühne. Sie hatten schon viel zu viel Zeit verloren.

Wie es sich für einen Leuchtturm gehörte, baute Gretje sich zu voller Größe vor dem Mikro auf, sah die Menschen im Raum eindringlich an und legte in holprigem Hochdeutsch mit ihrer Vorstellung los.

»Was glaubt ihr, ist das ein guter Witz, wenn ich euch sagen tu, dass da draußen in der Nebelsuppe zwei verirrte Herzen, äh … zwei junge Menschen in Lebensgefahr sind?« Sie atmete tief durch und fuhr fort. »Dass die Eva jetzt auf der Fähre ist, das glaubt ihr doch selbst nicht! Das muss doch garantiert ein Witz sein? Ein dummer Witz! Bei dem Schietwetter, da tuckert die Frisia doch nicht mit einem Nebelhorn über die Nordsee.« Gretje nahm die betretenen Gesichter vor sich in der ersten Reihe wahr und fragte dann das Publikum: »Und was meint ihr so dazu?«

Die Jungs und Mädchen, mit denen Eva gekommen war, sprangen auf und stimmten ihr zu. Verunsichert spielte die Moderatorin mit einer Haarsträhne. Das Publikum teilte sich in zwei Lager auf. Einige plädierten dafür, die Show abzubrechen und Eva zu suchen, die andere Hälfte wollte trotz allem weiterhin gut unterhalten werden.

Gretje rührte sich nicht vom Fleck, sie ignorierte den Wink, die Bühne zu verlassen, mit der Sturheit eines Esels. Stattdessen griff sie erneut zum Mikro und moderierte nun selbst ihre nächste Aufgabe, das Grimassenschneiden, an. Zuvor appellierte sie aber an die Jury, eine kluge Entscheidung zu treffen.

Der kleine Leuchtturm suchte mit den Augen einen Punkt in der Ferne und legte los. Gretje kniff die Augen zusammen, bis sie unter den reichlich vorhandenen Fältchen in ihrem Gesicht kaum noch zu erkennen waren. Sie presste die Lippen so fest aufeinander, dass sie aussahen wie ein feiner Strich, mit nach unten gebogenen Mundwinkeln. Ole Mattheis sprang mit seiner Kamera um sie herum und feuerte sie immer wieder an. Er war völlig begeistert von ihrer Darbietung und erklärte ihr Gesicht zu seinem Lieblingsmotiv. Als sie lockerließ und sich ihre Mimik schlagartig entspannte, verbeugte sich die kleine Ostfriesin und strahlte die Menge an.

»Na, war das gut?«, interviewte sie die Zuschauer, zum Ärger von Sandra Wagner. »Dann verrate ich euch mal meinen Trick. Wollt ihr das wissen?«

»Ja! Na klar!«

Gretje beschrieb sehr naturgetreu eine dicke gelbe Zitrone, die sie vor Augen hatte. »Die habe ich dann im Kopp durchgeschnitten und dann habe ich mir vorgestellt, wie ich in das saure Ding so richtig mit Schmackes reinbeiße.« Beim Erzählen amüsierte sie sich köstlich über die lustigen Grimassen, welche die Zuschauer jetzt zogen. Und wieder hörte man das unentwegte Klicken der Kamera. »Jau, das funktioniert auch bei euch! Ihr sabbert ja schon«, kicherte sie und verließ unter kräftigem Applaus die Bühne.

Nach diesem Auftritt hätte jede andere Kandidatin es verdammt schwer gehabt, die Leute für sich zu gewinnen. Mit dem Selbstbewusstsein und der Ausstrahlung einer Diva trat Lola nach ihr an. Sie warf den Kopf in den Nacken, schüttelte ihre rote Mähne und gab einen derben, versauten Witz zum Besten. Die Begeisterung beschränkte sich auf vereinzelte Lacher, ein genervtes Aufstöhnen ging stattdessen durch den Saal. Noch peinlicher endete ihr Versuch, eine Grimasse zu schneiden. Sie rollte mit den Augen, mit ihren wulstigen Lippen bemühte sie sich, einen Kussmund zu formen, beides gelang ihr nicht wirklich. Die feinen Linien auf der Stirn wollten sich nicht in Falten legen lassen, nur der dezente Glitzer des Bronzepuders auf ihren Wangen verlieh ihr einen Hauch glamourösen Glanz, als sie die Backen aufblies.

»Das ist ja 'ne Wucht! War vielleicht ein bisschen viel Botox oder so'n Zeugs!«, witzelte Gretje leise mit unverhohlener Schadenfreude. Das verhaltene Gelächter ringsum bewies allerdings, dass ihr boshafter Kommentar nicht ungehört geblieben war. Von der Bühne aus blitzte die Möchtegerndiva ihre Konkurrentin gefährlich an. Sie schmiss sich in die Brust und stolzierte mit arroganter Miene über den roten Teppich zurück. Blitzschnell preschte die Moderatorin vor und schnappte sich das Mikro, um die Entscheidung des Veranstalters über den weiteren Verlauf mitzuteilen.

»Meine Damen und Herren, es tut mir aufrichtig leid, Ihnen mitteilen zu müssen, dass wir die Wahl an dieser Stelle unterbrechen. Sobald wir Eva gefunden oder telefonisch erreicht haben, wird das Finale nachgeholt. Mit etwas Glück können wir noch heute Abend unserer Miss Friesenqueen das Krönchen aufs Haupt setzen. Sollte sich der Nebel allerdings nicht lichten und Eva in Gefahr sein, müssen wir das Finale und die Siegerehrung auf unbestimmte Zeit verschieben. Die eindringlichen Worte von unserem Leuchtturm Gretje Blom sind uns allen sehr zu Herzen gegangen. Jeder, der bei dieser Witterung am Strand unterwegs ist, befindet sich in großer Gefahr. Wir danken Ihnen für Ihr Verständnis.«

»Was soll denn das Theater? Die hat doch Bescheid gesagt, dass sie die Misswahl geschmissen hat!«, meckerte jemand und tatsächlich stimmten ein paar Gleichgesinnte mit ein.

Einer von Evas Freunden stand auf und beglückwünschte die Jury zu ihrer Entscheidung. »Wir können uns nicht vorstellen, dass Eva sich heimlich, still und leise aus dem

Staub gemacht hat. Das sieht ihr überhaupt nicht ähnlich. Eva ist der zuverlässigste Mensch, den ich kenne!«

Sandra Wagner klammerte sich an ihr Mikro, sie rief die Ordnungskräfte auf die Fläche und ließ den Saal räumen.

8. Kapitel

In kleinen Grüppchen diskutierten die enttäuschten Zuschauer anschließend, was alles passiert sein könnte. Die Krimifans unter ihnen malten sich schauderhafte Szenarien aus, man sprach vom Nebel des Grauens. Gretje schnappte den ein oder anderen Satz davon auf, als sie zu den jungen Leuten rüberging, die mit Eva gekommen waren.

»Was haltet ihr denn von dem Brief?«, fragte sie.

»Ich finde das alles sehr mysteriös«, kommentierte ein netter Typ, der im selben Strandlokal wie Eva jobbte. »Nee, da muss etwas anderes dahinterstecken.« Er wiederholte das Gesagte, denn das Nebelhorn tutete in regelmäßigen Abständen so laut, dass man sein eigenes Wort nicht verstehen konnte. Der Fährverkehr war also doch nicht eingestellt worden. Evas Freundin Alicia gab Gretje schließlich den wichtigen Hinweis, dass sie die Gesuchte in der Pause mit einem Typen zusammen gesehen hatte. Sie war überzeugt davon, dass die beiden zum Strand gehen wollten.

»Was war das denn für ein Typ? Wie sah der aus?«

»So genau habe ich mir den nicht angeschaut. War aber keiner von uns. Also, ich meine, keiner vom Personal.« Sie vergrub ihre Hände in den Jackentaschen. »Er war nicht besonders groß, ich schätze mal so eins fünfundsiebzig. Und er trug so eine dunkle, große Brille. Das war so ein Strebertyp, würde ich sagen.«

Gretje nickte, ihr ungutes Gefühl bestätigte sich. »Hat Eva dir schon mal was erzählt von dem Jungen? So etwas verrät man seiner besten Freundin doch, wenn man ein heimliches Date hat? Oder?«

»Ja, schon …«, stimmte Alicia zögernd zu. »Eva hatte mir vor einiger Zeit mal von einem Typen erzählt, mit dem sie kurz zusammen gewesen ist.« Sie musterte die alte Frau

47

abschätzend. »Sie verstehen doch, was ich damit sagen will?«

Gretje nickte belustigt. Als ob sie nicht ganz genau wüsste, was dat Wicht meinte. »Kannst übrigens ruhig Du zu mir sagen. Ich heiße Gretje. Du meinst also, die hatten was miteinander? Die waren miteinander im Bett?«

»Ja, so könnte man es auch nennen!« Alicia nickte und erzählte weiter. »Aber der Typ, ich glaube, der war ihr zu jung. Und dann war der auch so anhänglich, richtig nervig. Sie hat gesagt, sie hat nach der einen Nacht sofort mit dem Schluss gemacht, schon lange, bevor sie nach Norderney gekommen ist.« Alicia senkte die Stimme. »Ich glaube, Jacob heißt er. Der hat ihr täglich WhatsApp geschickt, der konnte sie einfach nicht loslassen. Er wollte sie unbedingt wiedersehen. ›Können wir es nicht noch einmal miteinander versuchen?‹ und so einen Quatsch hat der immer wieder geschrieben. Gestalkt hat der die Eva, richtig gestalkt.«

Ein paar von Evas Kumpels nickten zustimmend. Es war also kein Geheimnis, dass es in ihrem Leben jemanden gab, der nervte. Gretje beobachtete Piet von der Seite, der das Gespräch nur teilweise mitgehört hatte. Beschwichtigend legte sie ihm die Hand auf den Arm, sie konnte ihm förmlich ansehen, wie sein Blutdruck in die Höhe schnellte.

»Piet, du gehst am besten mal rüber zu unserm Inselpolizisten«, bestimmte sie und zeigte auf Jan Berg, der vor dem Conversationshaus stand und sich mit der Jury unterhielt.

»Jau!«, presste Piet zwischen den Zähnen hervor. »Bin ja schon weg.« Gretje ahnte, wie schwer es für ihn sein musste, nichts zu Alicias Worten zu sagen. Sie atmete auf, als er widerspruchslos hinüberging.

Leon nahm Gretje beiseite und erklärte ihr, was Alicia mit dem Wort *Stalken* meinte, und auch, dass er die meisten von Evas Freunden persönlich kannte. Schließlich jobbten sie alle am gleichen Strandabschnitt, da war das nicht weiter verwunderlich. Mit seinem kumpelhaften Charme hakte Leon ein bisschen nach und erfuhr, dass Eva einen neuen Freund hatte.

»Frederik heißt er«, sagte Mirko, ein netter Typ, der etwas von einem Teddybären an sich hatte. »Nie im Leben würde Eva ohne ihren Frederik verschwinden. Die beiden haben sich gesucht und gefunden, das hat sofort gefunkt bei denen, die sind jetzt unzertrennlich. Soll ich ihn anrufen? Vielleicht weiß er ja was.«

»Mach das. Wieso ist er denn zur Misswahl nicht mitgekommen?« Leon wunderte sich. Für ihn war ganz klar, dass er alles dafür tun würde, wenn seine Liebste dabei wäre. Aber seine Freundin Ida hatte nur mit der Schulter gezuckt, als er sie dazu ermutigt hatte, und gemeint, die anderen sollten sich ruhig lächerlich machen, sie bräuchte das nicht.

»Einer muss ja schließlich arbeiten gehen«, rechtfertigte Mirko das Fernbleiben des Freundes, wobei er Frederiks Nummer eintippte. »Der Chef wollte ihm nicht freigeben und es war niemand da, mit dem er tauschen konnte.« Er drückte das Handy ans Ohr und suchte sich eine ruhigere Ecke.

»Und …? Weiß Frederik etwas?« Leon konnte aber an Mirkos Gesichtsausdruck schon erkennen, was er sagen würde. Evas Freund hatte keine Ahnung, wo sein Mädchen geblieben war.

»Frederik will so schnell wie möglich herkommen. Bei dem Wetter ist sowieso nichts los, hat er gesagt, da kann er wahrscheinlich früher Feierabend machen.«

»Wohnen Frederik und Eva eigentlich zusammen?«

»Nee. Aber ich glaube, die suchen was. Ist aber mit den Wohnungen echt schwierig hier und teuer. Ohne Beziehungen läuft da gar nichts.« Mirko schlug vor, in ein

Lokal zu wechseln, auf dem Kurplatz war es zu ungemütlich geworden und vor allem zu laut.

»Gute Idee«, stimmte Alicia sofort zu. Sie zog sich ihre Beanie-Mütze tief in die Stirn, schon die ganze Zeit über jammerte sie, wie kalt ihr wäre. »Lasst uns doch ins Brauhaus gehen und dort auf Frederik warten.«

»Meinst du, dass der das riskiert? Bei der Nebelsuppe von der Weißen Düne hierherzuradeln?« Ein anderes Mädchen sah sie zweifelnd an.

»Ja, so wie ich den kenne, macht der das. Frederik müsste sonst ja auch irgendwann nach Hause. Der wird garantiert vorsichtig sein.«

»Also, Kinners, wir sagen dann mal Tschüss. Wir gehen nach Hause, in die Friesenrose«, verabschiedete Gretje sich und hinterließ für alle Fälle eine Nummer, unter der man sie erreichen konnte. »Ich geh denn mal und meinen Piet, den nehme ich auch mit. Kommst du auch mit, Leon?«

»Ich komme später nach, ich gehe noch mit den anderen ins Brauhaus.«

9. Kapitel

»Mannomann, das hat mit euch aber lange gedauert!« Ungehalten öffnete Onno die Tür, vor der Gretje, der Inselpolizist Jan Berg und Piet standen. Piet schob den brummigen Onno kommentarlos beiseite und raste die Treppe hinauf.

»Habt ihr das Mädchen denn nun gefunden? Und was ist mit unserm Computerheini, mit Jacob?« Onno würgte seine Mütze mit bloßen Händen.

»Mussten noch die Lage checken«, erwiderte die selbst ernannte Inseldetektivin, streifte ihre Gummistiefel von den Füßen und hängte den Friesennerz an die Garderobe. »Was bin ich froh, dass ich die wetterfesten Klamotten anhatte.« Durchgefroren war Gretje nicht, ihr Verstand war warmgelaufen, in ihrem Kopf ratterte es.

Ihre Augen blitzten, als sie die große Kanne Tee und die Sanddornkekse auf dem Tisch stehen sah. Onno hatte sogar an ihre *Fittamine*, eine Flasche Sanddornlikör, gedacht. Von oben, aus Jacobs Zimmer, hörten sie Piet rumoren. Er schien etwas zu suchen. Was, wusste er allerdings selbst nicht so genau. Irgendein Zeichen, vielleicht einen Brief.

»Was passiert denn nun mit der Eva? Jan, nun erzähl uns doch mal, was die Polizei bei so einer Sache zu tun gedenkt?«

»Nun mal ruhig Blut«, beschwichtigte er Gretje. »Du glaubst doch nicht etwa, dass ich nur mitgekommen bin, um gemütlich mit euch einen Tee zu trinken? Nee, nee!«

Drei Augenpaare blickten zu dem Inselpolizisten, der in aller Seelenruhe einen Löffel Sahne in den Tee schöpfte und sinnend das Wölkchen betrachtete, das sich wie der dicke Nebel nach allen Seiten ausbreitete.

»Also, was tut so ein Dorfsheriff?«, provozierte sie weiter. Ohne Eile hob der Kommissar die Tasse an den Mund und schob noch einen Keks hinterher.

»Nun macht euch mal keine Sorgen. So schnell geht hier niemand verloren.« Genüsslich biss er ab und verriet, dass am Nordstrand ein Notruf von einem älteren Ehepaar, das sich verlaufen hatte, eingegangen war. Die Kollegen von der Feuerwehr waren längst unterwegs und suchten den Strand mit ihrem Geländefahrzeug ab. »So etwas kommt öfter mal vor, bislang haben wir sie aber alle wieder eingesammelt.«

»Das mag ja durchaus sein«, gab Gretje ihm recht. »Aber bei dem Fall mit Eva und Jacob, da stimmt was nicht. Das geht doch nicht mit rechten Dingen zu, dass das hübscheste Mädchen von allen auf einmal verschwindet, dazu noch zusammen mit unserem Jacob. Und der Scholle ist auch weg.«

Piet wählte in immer kürzeren Abständen Jacobs Nummer oder schrieb ihm. »Das macht mich ganz rappelig, dass der Bengel nicht an sein Telefon geht. Das ist dem doch sozusagen in der Hand festgewachsen. Dem Jungen muss was zugestoßen sein! Ich habe schon die ganze Zeit über so ein komisches Gefühl.« Besorgt wählte er aufs Neue. Gretje und Onno sahen sich schweigend an.

»Sag mal, Jan, habt ihr denn bei der Polizei nicht auch so einen schicken Geländewagen, mit dem ihr über den Strand jagen könnt?«

Jan Berg nickte mit vollem Mund, warf einen Blick auf sein Handy und teilte mit, dass seine Kollegin trotz eines grippalen Infekts bereits mit dem Fahrzeug unterwegs wäre. »Der Einsatzwagen rollt schon längst über den Strand. Ach ja, und hier …«, er holte etwas aus seiner Tasche. »Das ist der Brief, den das Kind überbracht hat.« Gretje Blom kniff die Augen zusammen und begutachtete eingehend die Schrift.

»Wenn mich nicht alles täuscht, haben wir es hier mit zwei verschiedenen Handschriften zu tun. Guckt euch das mal an!« Sie reichte den Brief herum. »Die Unterschrift sieht doch ganz anders aus als der Rest.« Man war sich einig. »Na also, das ist ja wenigstens mal was!« Gretje notierte etwas und fotografierte den Brief zusätzlich ab. »So, Jungs«, verkündete sie mit einem strafenden Blick zu Jan Berg, »wenn ihr nicht in den Quark kommt, dann nehm ich das jetzt selbst in die Hand. Gretje macht das schon! Ich sag nur: *SOKO FRIESENQUEEN!*« Die vier Mannsbilder verstummten und Piet drückte dankbar ihre Hand. »Bist doch mein bestes Mädchen. Auf dich ist wenigstens Verlass.«

»Nun übertreib man nicht so. Erst mal müssen wir die zwei ja finden. Also …«

»Erstens: Tatsache ist, dass man Eva gesehen hat, wie sie zusammen mit Jacob in der Pause weggegangen ist. Alicia hat außerdem noch gesagt, dass die beiden einen Kaffeebecher und Kuchen dabeihatten.«

»Gut von ihr beobachtet! Bei der schlechten Sicht.« Piet wurde mit einem Mal hellwach.

»Wenn die ein Picknick machen wollten, dann ist das doch ganz klar, dass die nicht in die Marienhöhe oder in die Milchbar gehen würden. Aber das wird unser Inselsheriff sicher gleich überprüfen.« Auffordernd sah sie den Beamten an.

»Und zweitens wissen wir, dass die Eva das Nachspionieren von dem Jacob leid war.«

Gretje atmete hörbar aus und berichtete dann von ihren Beobachtungen an der Weißen Düne. »Ich habe zufällig mitbekommen, wie die Eva gesagt hat, er soll sie endlich in Ruhe lassen.«

»Willst du damit andeuten, dass Eva dem Jungen etwas angetan hat, damit er sie in Ruhe lässt? Und dass sie dann in Panik abgehauen ist?« Piet murmelte den ungeheuerlichen

Gedanken in den Raum, er wurde kreidebleich, dann schoss ihm sämtliches Blut in den Kopf.

»Nee! Das will ich damit nicht sagen! Das ist ein anständiges Mädchen, da will ich wohl für wetten«, verteidigte sie die nette Bedienung. Jan Berg gab eines seiner Lieblingszitate zum Besten und behauptete, dass man den Menschen nur vor den Kopf gucken könnte. Damit verunsicherte er Piet umso mehr.

»Wenn ich auch mal was dazu sagen darf«, mischte Onno sich nun ein. »Also, wenn die mit Kaffee und Kuchen losmarschiert sind, dann bin ich mir hundertprozentig sicher, dass die beiden es sich in einem Strandkorb kuschelig gemacht haben. Das ist doch der allerbeste Platz, um mal ganz in Ruhe zu quatschen.«

Piet und Gretje waren ganz seiner Meinung.

»Was wissen wir denn noch? Habe ich etwas vergessen?«

Es klingelte an der Tür, sofort loderte ein Fünkchen Hoffnung in ihm auf. Aber es war nur Evas Freund und nicht sein Neffe. Frederik war völlig aufgewühlt und wollte nicht tatenlos herumsitzen, das kam für ihn überhaupt nicht infrage.

Wenig später traf auch Julie in der Friesenrose ein. Sie hatte Feierabend und die Nachricht von der Misswahl mit Hindernissen war mittlerweile natürlich auch bis zu ihr ins Badehaus vorgedrungen. Die Gerüchteküche auf der Insel brodelte, jeder wusste noch ein paar gruselige Einzelheiten beizusteuern. Man munkelte sogar, dass Eva einem abscheulichen Verbrechen zum Opfer gefallen wäre, man sprach sogar von Mord.

»He! Der Nebelmörder geht um!«, rief Julie mit tiefer Stimme, als sie eintrat, dann lachte sie laut los. Gretje rang sich ein gequältes, schiefes Lächeln ab, Piet erstarrte und wurde leichenblass. Frederik musterte die Physiotherapeutin mit einem Blick, der sie hätte töten können.

»Das war doch nur ein Spaß!«, entschuldigte Julie sich kleinlaut. »Ist doch alles nur Seemannsgarn, das hier gesponnen wird. Da ist doch nicht ein Fünkchen Wahrheit dran. Oder … etwa doch?«

»Von Mord kann ja bis jetzt überhaupt keine Rede sein! Auch wenn wir die beiden noch nicht gefunden haben«, stellte Kommissar Jan Berg richtig. »Aber wir finden sie! Das verspreche ich euch.« Mit wichtiger Miene erklärte der Inselpolizist, dass er mit sofortiger Wirkung die Einsatzleitung übernehmen müsste, und verabschiedete sich. »Ich knöpfe mir als Erstes die Strandlokale vor. Vielleicht sind die beiden doch irgendwo eingekehrt. Sobald es neue Erkenntnisse gibt, melde ich mich.«

»Wenn du meinst. Aber das glaube ich nun wirklich nicht, dass du sie da finden wirst.«

»Glauben ist nicht Wissen, Gretje. Ich überprüfe das. Am Strand ist auch ein Suchtrupp unterwegs, ihr könnt also ganz beruhigt sein. Du darfst mich aber trotzdem jederzeit anrufen oder eine Nachricht schicken, wenn euch noch etwas Wichtiges einfällt.« Jan Berg reckte sich, steckte als Wegzehrung noch einen Keks ein und machte sich an die Arbeit.

10. Kapitel

»Mannomann, wenn ich das gewusst hätte! Das ist ja eine verflixte Mistwahl, aber keine Misswahl!« Gretje schimpfte wie eine fuchtige Möwe, der man das Brötchen vor dem Schnabel weggeschnappt hatte.

Onno hörte sich das Gezeter eine Weile geduldig an, doch dann haute er auf den Tisch, dass die Tassen nur so schepperten und die Kekskrümel in hohem Bogen von der Tischplatte flogen. »Schluss jetzt! Von deinem Gemecker kommen die zwei auch nicht wieder.«

»Mensch, Onno!«, rief Gretje verdattert. »Dass du so aufbrausend sein kannst, das verschlägt mir doch glatt die Sprache.«

»Ist ja auch mal schön, wenn es dir die Sprache verschlägt!« Frederik schaute erschrocken von einem zum anderen, er schien erstaunt zu sein über die schroffen Umgangsformen. Leon erklärte glaubhaft, dass dieser Ton in der Friesenrose völlig normal sei.

»Also, Gretje, was schlägst du vor?«, fragte Julie.

»Wir müssen was tun! Frederik, wie schätzt du das denn ein mit dem Brief?«

Mit brüchiger Stimme schilderte er, wie er sein Mädchen kennengelernt hatte. »Eva ist die wunderbarste, die schönste und klügste Frau, die mir jemals über den Weg gelaufen ist. Wenn sie in der Nähe ist, dann ist das, als wenn die Sonne aufgeht«, schwärmte er.

»Du glaubst also nicht, dass deine Freundin von der Wahl zurückgetreten ist?«, fragte Julie nun etwas direkter.

Er schüttelte heftig den Kopf. »Nein. Niemals würde sie das tun.«

»Hat sie mit dir auch über Jacob geredet? Hat sie gesagt, dass er sie belästigt? Hat sie von Stalking gesprochen?«

»Sie hat den Namen wohl mal erwähnt. Aber das mit Jacob war längst vorbei, als wir uns kennengelernt haben. Das war ein einmaliger Ausrutscher, der ihr besser nie passiert wäre, hat sie gesagt. Jacob war schon lange in sie verknallt, sie hatten gefeiert und was getrunken ... sie war die erste Frau für ihn.«

Piets Ohren liefen rot an. »Du meinst, die haben ...?«

Frederik nickte. »Eva hat ihn nur zweimal getroffen. Beim zweiten Date hat sie das Ganze beendet, bevor es überhaupt angefangen hatte. Jacob war ihr zu jung und zu unreif. Computer interessierten ihn mehr als Mädchen. Mehr weiß ich aber auch nicht. Will ich auch nicht wissen!« Er schwieg. »Ich hatte vor Eva schließlich auch schon andere Frauen. Ist doch normal.«

»Hmm«, nickte Gretje. »Und hat der Jacob denn nun hinter ihr herspioniert? Hat sie das erwähnt?«

»Ja! Sie war völlig schockiert, als der plötzlich auf Norderney aufgetaucht ist. Bis dahin hatte er ihr nur Nachrichten geschickt, die sie aber ungelesen in den Papierkorb verschoben hat. Alicia kann euch wahrscheinlich mehr dazu erzählen.« Frederik schwieg einen Augenblick, dann ergänzte er, dass Jacob nicht der einzige Verehrer war, der sie belästigt hatte. »Ich wollte mal mit Jacob reden, aber Evi hat gemeint, dass sie mit dem allein zurechtkäme, aber dass der Herr Scholle ziemlich unangenehm wäre und langsam lästig würde. Der glaubt anscheinend, der kann sich alles erlauben, hat sie gesagt, und dann hat sie angefangen zu weinen. Sie wollte mir nicht verraten, was da vorgefallen war.«

Gretje Blom notierte Scholles Namen und fragte weiter. »Das ist ja man komisch, dass der nach der Pause auch nicht wiedergekommen ist. Mannomann!«

»Da ist noch etwas ...«, fuhr Frederik fort. »Alicia hat mir erzählt, dass der Scholle die Eva in der Pause nicht einen

Moment aus den Augen gelassen hat. Und als der gecheckt hat, dass die mit Jacob weggegangen ist, da ist der gleich hinterher.«

»Das wird ja immer besser!« Gretje war ganz Ohr.

»Da frage ich mich aber ernsthaft, wie die Alicia das beobachtet haben kann. Das ist doch schon so neblig gewesen, da muss es schier unmöglich gewesen sein, noch irgendetwas deutlich zu erkennen«, warf Piet nachdenklich ein.

»Na ja, ich weiß nicht, ob ich das sagen soll, oder darf …«
Frederik rutschte auf seinem Stuhl hin und her, Alicia hatte ihm im Vertrauen noch etwas anderes gebeichtet.

»Wenn du dein Mädchen wiedersehen willst, dann brauchen wir jede noch so kleine Information. Raus mit der Sprache!« Knallhart forderte Gretje ihn auf, alles auszuspucken.

»Ich hab Alicia versprochen, das für mich zu behalten.«

»Das tut jetzt nichts zur Sache. Was hat sie uns verschwiegen?«

»Ja, also … sie ist denen ebenfalls heimlich gefolgt. Es ist ihr peinlich, deshalb wollte sie das lieber für sich behalten. Sie ist hinterhergeschlichen, weil sie ihre Freundin beschützen wollte. Damit sie Eva beistehen könnte, falls Jacob ausrastet oder zudringlich wird. Aber dann ist sie dem Scholle in die Arme gelaufen und der hat sie total fertiggemacht. Der hat ihr gedroht, wenn sie nicht auf der Stelle verschwindet, dann wäre sie ihren Job und auch ihre Personalwohnung los.«

»Und davon hat Alicia sich einschüchtern lassen?«, wollte Leon wissen. Er hatte das kräftige Mädchen etwas anders eingeschätzt.

»Sieht ganz so aus. Vorhin im Brauhaus musste ich sie sogar trösten. Sie war völlig aufgelöst, fix und fertig und sie macht sich jetzt solche Vorwürfe.«

Gretje sah auf ihre Notizen, es gab einiges zu tun. »Julie, setz du dich mal mit Ole Mattheis in Verbindung. Der soll so schnell wie möglich herkommen und seine Kamera mitbringen. Vielleicht ist das Kind, das den Brief überbracht hat, auf den Fotos. Kennt den eigentlich einer von euch?« Allgemeines Kopfschütteln, der Junge musste sehr wahrscheinlich ein Urlaubsgast sein.

»Komm mit, Piet!«, kommandierte Gretje nun. »Lagebesprechung und Durchsuchung von Zimmer fünf!«

Der hagere Ostfriese nickte und stand auf. »Hab das Zimmer von Jacob aber schon untersucht. Da ist nichts.«

»Vier Augen sehen mehr als zwei!«, erwiderte sie leichthin und stapfte mit Piet die Treppe hinauf.

***

»Mensch, Piet«, sagte sie mitfühlend, als sie den Kummer in seinen Augen bemerkte. Sie berührte ihn sanft am Arm und gab ihm ein Taschentuch. »Mach mal die Tränen weg und dann putz dir die Nase. Das nützt nun man rein gar nix, wenn du hier rumsitzt und flennst. Das kannst du immer noch, wenn der Junge wieder da ist.«

»Quatsch, ich flenne doch nicht. Das ist der ganze Staub hier. Der Bengel hat ja auch eine ganz schöne Unordnung hinterlassen.« In der einen Ecke stand ein Rucksack, die Klamotten lagen überall verstreut auf dem Boden herum, nur auf dem Schreibtisch herrschte penible Ordnung, da stand nichts anderes als sein Laptop.

»Dann wollen wir uns mal ein bisschen umschauen.« Gretje verschwand ins Bad, kurz danach rief sie Piet. »Du, Piet, das musst du dir mal anschauen. Komm mal her.« Sie zeigte auf den Spiegel, auf dem klar und deutlich der Name Eva zu lesen war. Mit den Fingern hatte er ihn auf das

59

beschlagene Glas geschrieben. Piet schluckte, ihm war nicht nach Lachen zumute.

»So, dann lass uns mal einen Blick in seinen Rucksack werfen.«

»Also nee, da drin ist doch sein Privatkram. Da können wir nicht einfach so drin herumschnüffeln.«

»Piet, das ist keine Schnüffelei, das ist eine Notlage! Wird Zeit, dass wir den Jungen finden!«

Piet gab sich geschlagen und angelte ein Notizbuch aus dem Rucksack hervor. Es war noch neu und außer Jacobs Namen war noch nichts darin eingetragen.

»Der hat seine Notizen doch bestimmt alle im Computer. Los, Piet! Was zögerst du denn noch?«

»Du meinst, ich soll an seinen Laptop gehen?«

»Was denn sonst, Piet? Du bist doch Computerspezialist, du weißt, was da zu tun ist.« Gretje musste ihm ganz schön zureden, bevor er sich endlich an Jacobs Laptop zu schaffen machte. Ein Passwort wurde verlangt, Gretje schlug vor, es mal mit dem Namen Eva zu versuchen.

»Falsch!« Piet dachte nach und plötzlich hatte er die Eingebung, es mit Jacobs Spitznamen Jacko und seinem Geburtstag zu versuchen. Bingo! Das passte, schon öffnete sich die Startseite.

»Boah! Was du so alles draufhast.« Gretje war stolz auf Piet, wie er das mal eben so herausgefunden hatte. Wie im Krimi, dachte sie, vertiefte sich aber dann ganz schnell in das, was auf dem Monitor zu lesen war. Piet hatte einen Eva-Ordner entdeckt, darin hatte Jacob alles minutiös dokumentiert, was mit dem Mädchen zu tun hatte. Seine sämtlichen WhatsApp-Nachrichten waren wortwörtlich hier abgelegt, ebenfalls die wenigen Antworten von Eva.

»Nee! Das glaub ich ja nicht«, kommentierte sie die Einträge, die sie überflog. Morgens, mittags und abends hatte Jacob seiner Angebeteten geschrieben. Er hatte

Notizen gemacht, wo sie sich zu welchem Zeitpunkt aufhielt und ob sie allein war. Er kannte ihre Adresse, ihre Gewohnheiten und Vorlieben und auch Frederiks Telefonnummer, neben der geschrieben stand: *Den Kerl könnte ich umbringen!* Piet atmete schwer, als er das las.

»Mann, Piet, das ist doch nicht ernst gemeint! So ein Blödsinn geht einem doch mal durch den Kopf, aber das macht man doch nicht wirklich. So was habe ich auch gedacht, als die Lola wieder mit dem Onno angebändelt hat. Das Weib, das hätte ich auch umbringen können.« Erbost scrollte sie weiter. »Und …? Habe ich das getan? Nee! Die ist ja heute Nachmittag noch fröhlich über den roten Teppich galoppiert.«

Piet tippte mit dem Finger ein paar Zeilen tiefer, dort stand ein Eintrag, den er lieber nicht entdeckt hätte.

Ohne Eva macht alles keinen Sinn! Nicht mal mehr an meinen Computerspielen habe ich Spaß. Ich muss unbedingt zu ihr gehen und mit ihr reden. Wenn sie mir keine Chance gibt, dann … mache ich endgültig Schluss.

»Oh Schiet!« Piet zitterten die Hände, er atmete hektisch, hielt sich am Tisch fest und sackte in sich zusammen. Gretje stützte ihn, so gut sie konnte, aber allein war es ihr unmöglich, den langen Kerl aufzufangen. Hatte er nicht mal was von einem schwachen Herzen erzählt?

»Leon! Onno!«

Leon war sofort zur Stelle. Er schob die Seniorin beiseite, brachte Piet in die stabile Seitenlage, fühlte seinen Puls und hielt die verängstigte Gretje von ihm fern. Piets Atmung normalisierte sich allmählich wieder, er schlug die Augen auf und kam wieder zu sich.

»Gretje«, flüsterte Piet, »sag Jan Berg Bescheid, dass der Junge sich was antun will!«

»Das ist längst erledigt! Mannomann, Piet! Was hast du mir für einen Schrecken eingejagt.«

»Tut mir leid, das wollte ich nicht«, entschuldigte Piet sich zerknirscht. »Aber was machen wir denn nun? Was können wir tun?«

11. Kapitel

Jan Berg läutete die nächste Alarmstufe ein und bat die Kollegen von der Feuerwehr um Unterstützung. Er musste das Schlimmste verhindern und informierte Gretje über den aktuellen Stand der Dinge.

»Wir sind mit doppelter Besetzung und mit beiden Geländefahrzeugen unterwegs. Außerdem haben wir eine Gruppe freiwilliger Helfer, die sich um die Strandkörbe zwischen der Georgshöhe und dem Januskopf kümmern. Stück für Stück durchkämmen wir den gesamten Strandabschnitt.«

Gretje bedankte sich und bat den befreundeten Polizisten, sie weiterhin auf dem Laufenden zu halten.

Als der Inselfotograf Ole Mattheis und Leons Freundin Ida eintrafen, ging es Piet schon wesentlich besser. Zusammen sichteten sie die Aufnahmen von der Misswahl, der Fotograf hatte jede Menge hervorragender Stimmungsbilder eingefangen.

»Mach das mal größer!«, Gretje kniff die Augen zusammen, sie heftete ihren Blick auf das Display der Kamera. Frederik sah ihr über die Schulter und erkannte auch, dass es Scholle sein musste, der da mit einem Sektkühler im Arm stand und auf Eva einredete.

»Das wäre ja gut, wenn man auch noch hören könnte, was der ihr vorschwafelt.« Augenblicklich war sie hellwach und fragte, ob jemand Scholles Adresse kannte.

»Klar. Das ist ja kein Geheimnis.«

»Meint ihr nicht auch, dass wir dem Scholle einen Krankenbesuch abstatten sollten?« In Gretjes Augen blitzte es gefährlich. »Das werde ich mal übernehmen. War ja schließlich auch mein Kuchen, den er nicht vertragen hat.«

»Da bin ich aber dabei!«, entschied Piet. »Da gehst du nicht allein hin. Das verbiete ich dir!«

»Seit wann hast du mir denn was zu verbieten? Bist du nicht ein bisschen zu schwach für so einen gefährlichen Einsatz?«, konterte sie. Aber natürlich hatte er völlig recht. Dankbar nahm sie auch Leons Vorschlag an, sie zu begleiten.

Das Geplänkel ging bei Piet ins eine Ohr hinein und aus dem anderen sofort wieder hinaus. Er war in die Fotos vertieft und nickte jedes Mal, wenn sein Neffe auf einem Bild zu sehen war. Immer hielt Jacob sich in unmittelbarer Nähe von Eva auf, er hatte nur Augen für das Mädchen mit den dunklen Haaren. Süß sah sie aus, mit ihren langen nackten Beinen, die in roten Gummistiefeln mit weißen Pünktchen steckten. Der Friesennerz, den sie darüber trug und der ihre Shorts verdeckte, hatte das gleiche Muster. Eva sah aus wie ein Glückspilz auf zwei Beinen. Piet konnte sehr gut verstehen, dass Jacob sich in das Mädchen verliebt hatte.

»Mach mal größer!« Gretje Blom studierte jedes Detail. »Wenigstens hat die sich noch was angezogen und läuft da nicht mehr im Badeanzug rum. Das ist aber auch eine hübsche junge Frau!«, bemerkte sie. Zu Frederik gewandt, konnte sie sich den Kommentar nicht verkneifen, dass er ja auch ein ganz schön *heißes Eisen* wäre.

»Hä? Was soll das denn heißen?«

»Oh Mann, kennst du das etwa nicht?« Sie staunte immer wieder über die Unwissenheit der jungen Leute, die mit dieser Bezeichnung nichts anfangen konnten. Verlegen strich Frederik sich eine blonde Strähne aus der Stirn und schaute Gretje mit seinen hellblauen Augen fragend an.

»Das ist so was wie ein Kompliment. Also, wenn ein Mann so richtig zum Dahinschmelzen aussieht und dann auch noch von allen Weibern angeschmachtet wird, dann ist das ein *heißes Eisen*.«

Frederik grinste, das war tatsächlich neu für ihn, er bedankte sich für das Kompliment. Leon musste unbedingt noch schnell erwähnen, dass Gretje ihn sogar als ein *verdammt heißes Eisen* bezeichnete. Das interessierte hier aber niemanden mehr.

»Los jetzt! SOKO FRIESENQUEEN!«

***

Gretje, Piet und Leon machten sich durch den undurchdringlichen Nebel auf den Weg zu dem kränkelnden Herrn Scholle. Die anderen hatten von der Hobbydetektivin den Auftrag bekommen, die Strandkörbe an der Promenade in Richtung Hafen unter die Lupe zu nehmen.

»Was willst du dem Herrn Scholle denn sagen?«, wollte Leon wissen, vertraute allerdings auf ihre bewährte Schlagfertigkeit und ihren Einfallsreichtum.

»Ach, das lass man meine Sache sein. Das ist ein Krankenbesuch. Ich will ja nur mal nachfragen, wie es dem armen Kerl geht oder ob er Hilfe braucht.«

»Soll ich nicht doch lieber mit in die Wohnung kommen?« Gretje und Piet wechselten einen Blick und schüttelten energisch den Kopf.

»Ruf an, wenn wir nach zwanzig Minuten noch nicht wieder draußen sind.« Leon gab sich geschlagen und blieb unten vor dem Haus stehen.

Beherzt drückte Gretje auf den Klingelknopf. Die Sprechanlage rauschte und ein unwirsches »Ja bitte?« schnarrte durch die Leitung. Dann summte der Türöffner.

»Das nenne ich ja eine Überraschung!«, begrüßte Scholle seinen Besuch mit Leidensmiene. »Wie komme ich denn zu der Ehre?«

Gretje sah ihr Gegenüber treuherzig an und beteuerte, dass sie sich Sorgen machte und wissen wollte, ob es ihm schon etwas besser ginge. »Das ist nur ein Krankenbesuch, das war ja schließlich mein Kuchen, nach dem dir das so schlecht ging.«

»Na denn.« Misstrauisch bat er sie ins Wohnzimmer.

»Das tut mir echt leid, das mit dem Kuchen. Dass du den aber auch nicht vertragen hast! Das war bei den anderen Gott sei Dank nicht der Fall. Kann das denn sein, dass du auf irgendetwas allergisch bist?« Sie schnabbelte munter drauflos, Piet nutzte die Gelegenheit und sah sich in aller Ruhe in dem Zimmer um. »Geht's denn jetzt wieder?«

Scholle nickte.

»Und als du das Rumoren im Bauch gemerkt hast, da bist du dann schnurstracks nach Hause gegangen? Junge, Junge, Junge! Das ist aber man auch ein Schiet!« Mitfühlend schaute sie den gut aussehenden Mann an, der doch ziemlich angeschlagen wirkte.

»Das kann man wohl sagen!« Scholle hielt sich den Bauch. »Direkt nach Hause, das habe ich nicht mehr geschafft. Unterwegs musste ich erst einmal die nächstbeste Toilette ansteuern.«

Gretje nickte. »Das ist aber auch wirklich zu blöd, wenn man unterwegs ist und wenn man dann so was hat. Hast es aber noch geschafft?«

»Ja, so gerade«, seufzte er erleichtert. »Ich dachte, ein bisschen frische Luft wäre ganz gut.«

»Jau! Das sage ich mir auch immer«, stimmte Gretje ihm zu. »Dann bist du sicher noch etwas am Strand langgegangen, was?« Sie zeigte auf den nassen Sand, der eine unübersehbare Spur durch die Wohnung zog.

»Ach das. Man bringt ja immer ein bisschen Sand mit rein. Meine Putzfrau war heute leider verhindert.«

Gretje sah sich um und fragte, ob sie denn etwas für ihn tun könnte. »Das könnte ich etwas sauber machen. Wo steht denn der ...?«

»Nein, nein, nein! Das kommt gar nicht infrage. Ein alter Leuchtturm wie Sie, Gretje, der darf das nicht. Oder ...?« Scholle suchte nach passenden Worten. »... oder sind Sie etwa unsere Miss Friesenqueen?« Gretje verbesserte wie immer sofort und betonte, dass es Friesenkönigin heißen müsste. »Oder hat die Eva die Misswahl gewonnen?«

Gretje schüttelte den Kopf und dachte, der Typ kann wirklich gut schauspielern. Er machte auf ahnungslos, aber mit seinem freundlichen Getue konnte er sie nicht täuschen. Der wusste mit Sicherheit mehr, als es den Anschein hatte.

»Zeig mal!« Sie nahm seine Hand und untersuchte eine Wunde am Handballen, sie schaute gefährlich aus. »Wo finde ich denn Verbandszeug? Nicht, dass sich das noch entzündet!«

»Ach das! Das ist halb so schlimm.« Scholle entzog ihr seine Hand. »Bin gestolpert. Überall lagen da Scherben rum, da bin ich voll rein.«

»Au Mann. Da hast du aber noch richtig Schwein gehabt. Das sieht ganz schön schlimm aus. Und das mit der Friesenkönigin, ist das denn noch nicht bis zu dir vorgedrungen? Die Misswahl ist vertagt worden.«

»Ach was? Konnten die sich ohne mich nicht entscheiden?« Scholles Zustand schien sich mit jeder Minute zu verbessern. »Aber so ist das nun mal, wenn eine wichtige Person ausfällt«, sagte er selbstgefällig und schielte auf die Tortenstücke, die Gretje auf den Tisch stellte.

»Jau«, sagte Piet trocken. »Die wichtigste Person, die Eva, die ist nämlich nach der Pause auch nicht wieder aufgetaucht. Komischer Zufall, nicht wahr?«

»Die jungen Dinger! Weiber! Unberechenbar!« Scholle ging in die Küche und kam mit einer Kuchengabel zurück. Gretje und Piet wechselten einen langen Blick. Piet fragte nebenbei, ob er denn zufällig seinem Neffen begegnet wäre.

»Nee, der ist mir nicht über den Weg gelaufen!« Scholle stieß die Tortengabel in das Sahnestück, aus dem süßes Pflaumenmus quoll, er schien plötzlich wieder gesund zu sein. Im selben Augenblick klingelte auch Gretjes Handy, Leon meldete sich, wie verabredet.

»Denn noch guten Appetit. Wir müssen uns leider schon verabschieden. Lass dir das man gut schmecken und pass bloß auf, dass dir nicht wieder schlecht davon wird.« Sie zwinkerte dem verdatterten Herrn Scholle zu, nahm ihre Tasche und ging zur Tür. Auch Piet sagte Tschüss und beendete den Besuch mit dem Spruch, dass man sich bestimmt bald wiedersehen würde.

»Moment!« Scholle ließ die Gabel fallen, wischte sich das Pflaumenmus vom Mund und war ganz fix bei ihnen. »Was soll das denn heißen? Ihr zwei, ihr führt doch was im Schilde.«

»Wir zwei?«, wiederholte Gretje, packte Piet am Ärmel und drängelte sich an Scholle vorbei.

»Das war aber verdammt knapp! Der hat jetzt was gemerkt.« Gretje war heilfroh, noch soeben die Kurve gekriegt zu haben, aber auch, dass Leon unten auf sie wartete.

»Und? Gibt's neue Erkenntnisse?«

»Jau!«

»Der Scholle, der hat nicht einmal gefragt, wie der Jacob aussieht, als wir ihn darauf ansprachen, ob er dem Jungen vielleicht unterwegs begegnet war. Der hat spontan Nein gesagt! Dabei konnte der den nur das eine Mal an der Kuchenausgabe gesehen haben, und ich glaub nicht, dass er da schon wusste, wer das ist.« Gretje fing an zu lachen, als sie zum Besten gab, wie gierig Scholle sich auf das Tortenstück gestürzt hatte. »Der spielt uns was vor! Aber nicht mit uns!«

Sie schickte Jan Berg eine Nachricht mit ihren neuen Erkenntnissen. ›Den Herrn Scholle, den musst du dir unbedingt vorknöpfen‹, schrieb sie ihm. Als eine der wenigen Personen durfte sie sich so etwas herausnehmen, weil sie Jan schon als kleinen Jungen kannte. Jederzeit durfte Gretje ihn, auch auf seiner Privatnummer, anrufen.

***

Mit Gretje in ihrer Mitte eilten Piet und Leon über den Kurplatz zur Strandpromenade. Sie rekonstruierten die Strecke, die Eva und Jacob genommen haben mussten. Flüsternd unterhielten sie sich, stellten Vermutungen an und zählten eins und eins zusammen. Nur wenn das Nebelhorn eines Fährschiffs die unheimliche Stille durchbrach, schwiegen sie.

»Meint ihr, dass Alicia uns absichtlich in eine verkehrte Richtung geschickt hat?«, fragte Gretje.

Leon konnte ihrer Logik nicht ganz folgen.

»Hm. Wenn ich da so drüber nachdenken tu, dann denk ich, dass die was zu verbergen hat.«

»Meinst du?« Piet konnte ihren Gedankengängen auch nicht ganz folgen. »Was denn?«

»Dem Frederik hat die Alicia doch erzählt, dass sie dem Jacob und der Eva hinterhergeschlichen ist. Ich frage mich, warum sie das nicht gleich gesagt hat. So peinlich muss ihr das ja nicht sein. Und auch das mit dem Scholle hat sie uns verschwiegen.«

In monotonem Rhythmus schwappten die Wellen auf den Strand, irgendwie gedämpft kamen ihnen die Geräusche vor. Auch das Gekreisch und Schnabbeln der Möwen fehlte. Einzelne Gestalten kreuzten hin und wieder ihren Weg, man nickte sich zu und grüßte. Bevor man die Personen richtig erkennen konnte, waren sie im undurchdringlichen Grau schon wieder verschwunden. Gretje Blom und ihre männlichen Begleiter liefen zur Weststrandbar, dort hatten sie sich mit Julie, Onno, Frederik und Ida verabredet.

In wenigen Worten fasste Ida den Verlauf ihrer Fahndung zusammen. »Jeden einzelnen Strandkorb haben wir ausgeleuchtet, auch unten am Strand. Keine einzige Spur, nichts haben wir gefunden.« Onno brummte etwas Unverständliches, er war dafür, die Suche weiter auszudehnen, mindestens bis zum Spielplatz am Weststrand. Sie teilten sich auf und wollten gerade auseinandergehen, als ein Handy klingelte. Frederik griff sofort in seine Jackentasche, er hoffte auf ein Lebenszeichen von Eva. Aber auch diesmal war es nicht der ersehnte Anruf, sondern Gretjes Handy. »Wieder nichts!«, murmelte Frederik enttäuscht.

Sie stellte ihr Handy auf Lauthören, Jan Berg war am Apparat. »Moin mien Jung«, grüßte sie den Polizisten. »Was gibt es Neues? Habt ihr Jacob gefunden? Oder Eva?«

»Leider nein! Wir haben immer noch keine Spur von den beiden, aber wir wissen jetzt, wer den Brief überbracht hat. Die Tante von dem Kind hat sich bei uns gemeldet.«

»Was hast du gesagt?« Ein Nebelhorn tutete in der Ferne.

»Die Tante von dem Kleinen. – Die macht hier Urlaub. – Ja! Mit ihrer Schwester ist die hier. – Diese Tante, die ist zufällig eine Kollegin.«

»Ach was? Eine Polizistin?«

»Genau. Die will mir bei der Suche helfen. Sie ist bei der Kripo in Osnabrück. Bea Bissick heißt sie.«

»Ist die denn auch so, wie sie heißt? So bissig?«, fragte Gretje, kam aber schnell wieder zur Sache. »Was hat der Junge denn gesagt?« Jan Berg berichtete, dass es ein Mann gewesen war, der dem Jungen den Brief und einen Zehner in die Hand gedrückt hatte. »Konnte das Kind Angaben machen, wie der Kerl aussah? Oder wie alt der ungefähr war?«

Jan Berg verneinte und fügte an, dass er auf dem Weg zu der Kollegin war. »Vielleicht hat die Tante ja schon was aus dem Kind rausgequetscht. Bin auch gespannt, ob die wirklich so bissig ist. Am Telefon hat die mir gleich ihren Namen buchstabiert. Am Ende mit *ck*, darauf legt sie Wert.«
Gretje schmunzelte, sie konnte heraushören, dass auch ihn diese Nebensächlichkeit aufheiterte.

»Du gibst aber Bescheid, was Sache ist?«

»Geht klar!«

12. Kapitel

Gretje, Piet und Onno übernahmen die Strandpromenade, während Frederik, Leon, Ida und Julie unten nach den Vermissten suchen wollten. Mit ihren Taschenlampen leuchtete die Seniorengruppe, wie Gretje sich und ihre Mitstreiter humorvoll bezeichnete, in jeden Strandkorb. Die meisten waren mit einem Holzgatter verschlossen, ordentlich aufgeräumt und trotzten so der Witterung. Das Einzige, was sie entdeckten, waren ein Schäufelchen und ein Förmchen, die ein Kind vergessen hatte. Sie fanden keinerlei Hinweise auf zwei junge Leute, die ein Picknick veranstaltet hatten. Auch unter die Parkbänke und in die Mülleimer leuchteten sie. Es ging an einem Lokal namens Giftbude vorbei, Gretje machte sich noch lustig darüber, aber Onno, der alte Insulaner, wusste zu berichten, dass der Name nichts mit Gift zu tun hätte. Schweigend setzten sie ihren Weg fort.

Piet dachte laut nach. Sollte er seinen Bruder anrufen? Musste er ihm jetzt beichten, was geschehen war? »Der macht Kleinholz aus mir, wenn dem Bengel was zugestoßen sein sollte.«

Seit über vier Stunden wurden Eva und Jacob schon vermisst. »Vier Stunden! Oh, oh, oh!«

»Jau, das kannst du wohl sagen«, bekräftigte Onno und wies auf das auflaufende Wasser hin, welches in einer Stunde seinen höchsten Stand erreichen würde.

Gretje stapfte im Lichtkegel ihrer Taschenlampe zügig voran, ihr Training zahlte sich jetzt aus. An der Abzweigung zum Bademuseum blieb sie stehen, auf ihrem Handy war eine neue Mitteilung eingegangen.

»Kommt mal schnell her!«, rief sie. »Wir sind kurz vorm Spielplatz und haben eine heiße Spur!«, las sie vor. Sofort verständigte sie Jan Berg.

***

Zehn Minuten später flimmerte das Blaulicht der Polizei durch die Nebelschwaden. Zusammen mit Bea Bissick traf der Inselpolizist am Spielplatz ein und wurde bereits von Julie erwartet. Wenig später erschien auch Gretjes Suchtrupp vor Ort.

»Was habt ihr denn für 'ne heiße Spur?«, fragte sie ohne Umschweife.

»Moment, die Ermittlungen führen wir!«, wies die Frau, die mit Jan Berg gekommen war, Gretje sofort zurecht.

»Man wird ja wohl …«

»Kommissarin Bea Bissick«, stellte die Polizistin sich vor.

»Bissick mit *ck* am Ende«, ergänzte sie. Mit einem mitleidigen Blick musterte sie das Seniorentrio.

»Gretje mit *j* in der Mitte«, erwiderte die alte Dame schnippisch, dabei taxierte sie die unbekannte Kommissarin mit dem ihr eigenen Röntgenblick.

»Nomen est omen«, murmelte Piet.

»Schluss jetzt mit dem Gesabbel!« Onno Fokken baute sich zu voller Größe auf und verschränkte die Arme vor der Brust. »Nun, mien Frollein, ermittelt wird hier bis jetzt gar nichts. Wir suchen lediglich nach zwei Personen, das hat der Jan Ihnen doch schon erzählt. Und von so einem jungen Wicht, wie Sie das sind, lasse ich mir überhaupt nichts sagen.«

»He, he, Meister! Keine Beamtenbeleidigung!«

»Das war als Kompliment gemeint, das mit dem jungen Wicht.« Er beugte sich zu Bea hinunter, sah ihr in die Augen und setzte wenig charmant hinterher: »Stimmt. So jung sind Sie gar nicht mehr, aus dieser Entfernung betrachtet.«

Der Kommissarin klappte der Unterkiefer runter, sie konnte nichts erwidern. Das war ein Zustand, den sie an sich überhaupt nicht kannte. Entsprechend rang sie um Fassung. »Fischkopp!«, schleuderte sie dem Ostfriesen wutentbrannt um die Ohren, als sie sich einigermaßen wieder gefangen hatte. Onno reagierte daraufhin mit einem Lachanfall, der das Nebelhorn noch übertönte.

»Onno Fokken!«, stellte er sich nun vor, nahm seine Mütze vom Kopf und drückte der Kommissarin so fest die Hand, dass sie leise aufschrie. Onno grinste nur.

»Und wo ist nun die heiße Spur?«, lenkte Jan Berg zum Tatgeschehen zurück. Er gab Bea den Rat, sich mit den drei Herrschaften besser nicht anzulegen. »Der Onno, der kennt hier jeden Insulaner, Gretje ist eine liebe Freundin meiner Mutter, Gott hab sie selig, und ihr Freund Piet ist Computerspezialist. Einen wie den könnten wir noch im Polizeidienst einsetzen. Wie du siehst, sind die drei weder senil noch gebrechlich. Du solltest auch nicht vergessen, dass du nur ein Urlaubsgast bist und nicht im Dienst.« Jan Berg sah sie ernst an. »Aber eines muss ich dir lassen, liebe Kollegin«, schob er dann nach, »ich finde es ganz großartig von dir, dass du uns deine Unterstützung anbietest.« Insgeheim klopfte Jan Berg sich dabei selbst auf die Schulter. Das hatte er zum ersten Mal richtig gut hingekriegt, dass er die Rollenverteilung klargestellt hatte.

»Na, denn wollen wir mal.« Bea Bissick drückte Gretje die Hand und auch Piet. Sie begrüßte ebenfalls Julie und ihre Freunde, dann gingen sie zu der Stelle mit der angeblich heißen Spur.

»Und das ist alles?«

Neben einer Dose Prosecco blitzte etwas silbrig Glänzendes aus dem Sand. Enttäuscht starrten Bea Bissick und Jan Berg auf die Schere, die vor ihren Füßen lag. Der Polizist streifte ein Paar sterile Handschuhe über, begutachtete das Fundstück von allen Seiten und verwahrte es in einer ebenso sterilen Plastiktüte.

»Keine Blutspuren dran!« Der Beamte atmete erleichtert auf. Nichts verabscheute er mehr als Blut. Selbst beim Arzt konnte er nicht hinsehen, wenn ihm welches abgenommen wurde.

»Kann ich mir das Teil mal genauer angucken?« Gretje nahm ihm die Schere ab, kniff die Augen zusammen und presste die Lippen fest aufeinander. »Das ist doch eine Spezialschere, wenn ich mich nicht täusche. So eine, die nimmt man bestimmt nicht zum Basteln, sondern …« Sie überlegte, woher ihr solche Scheren bekannt vorkamen. »Und hier, da klemmt noch ein langes dunkles Haar. Hier, das sitzt an dem Schräubchen fest. Wenn das man nicht eine Schere von unserm Friseur ist!«

Gretje spulte gedanklich zurück, ob sie den Haarkünstler während der Mittagspause gesehen hatte. Mehrmals war er ihr in der Umkleide über den Weg gelaufen, wo er die ein oder andere Frisur gerichtet hatte. Sein Werkzeug für diese Verschönerungsaktionen hatte in einer dunklen Ledertasche gesteckt, daran konnte sie sich erinnern.

»Psst!« Frederik legte einen Finger an die Lippen. »Seid mal still!« Er starrte regungslos auf sein Smartphone. Zum x-ten Mal hatte er die Wahlwiederholung gedrückt, immer in der Hoffnung, seine Freundin zu erreichen. »Das muss Evas Handy sein! Hört ihr das auch?«

»Dideldideldingdong, dideldideldingdong!« Dieser alberne Klingelton erklang zwar sehr leise, trotzdem war er nicht zu überhören. Sofort begann Bea Bissick mit einem Stöckchen im Sand herumzustochern. Frederik trat einen Schritt zur Seite und lauschte, woher das Geräusch kam. Er bewegte sich weiter nach links, das schien allerdings die verkehrte Richtung zu sein.

Mit gespitzten Ohren und gesenktem Kopf, den Blick fest auf den Boden gerichtet, folgten sie dem Signal. Der Klingelton wurde mit jedem Meter lauter, von Eva fehlte aber immer noch jegliche Spur. Plötzlich stoppte Piet, er fiel auf die Knie und fing an, wie ein Hund im feuchten Sand zu buddeln. Es dauerte nur einen Moment, dann schwenkte er das bimmelnde Smartphone in seinen Händen. Frederik trennte die angewählte Nummer, im selben Augenblick verstummte auch das Dideldideldingdong.

»Sieht mir nicht danach aus, als ob Eva das verloren hätte«, vermutete Jan Berg und fotografierte den Fundort von allen Seiten, wobei er sich leise mit seiner Kollegin unterhielt. »Das hat der Täter doch mit voller Absicht hier vergraben. Was der sich wohl dabei gedacht hat? Wahrscheinlich will er es später holen und dann für immer entsorgen.«

»Sollten wir nicht vorsichtshalber schon mal einen Krankenwagen anfordern?«, schlug Ida vor. »So für alle Fälle.«

»Blödsinn! Wir müssen dat Wicht ja erst einmal finden«, entschied Onno, er war kein Freund von übertriebener Hektik. Sie leuchteten die nächsten Meter im Umkreis ab. Es gab nichts Besonderes zu entdecken, außer einer Gruppe blau-weißer Strandkörbe, die halbkreisförmig zusammenstanden. Gretje nahm Piet am Arm und marschierte mit ihm drauflos. »Wollen doch mal sehen, was wir da noch so alles finden«, flüsterte sie. Ihre Hände waren eiskalt, das merkte Piet sogar durch seine Jacke. »Hast kein gutes Gefühl, was?«

»Nee!«

Frederik stürmte an ihnen vorbei, er rannte von Strandkorb zu Strandkorb, warf einen Blick hinein und lief zum nächsten. Gretje und Piet steuerten auf die hinterste Reihe zu. Sie hatten ihr Ziel noch nicht erreicht, da stolperte Gretje, konnte sich aber im letzten Moment noch fangen. Sie verschnaufte kurz und trat ärgerlich nach dem Strandgut, das ihr im Weg lag. Was es war, konnte sie nicht genau erkennen, doch mit einem Mal schrie sie entsetzt auf und zeigte mit dem Finger auf etwas, das vor ihren Füßen aus dem Sand hervorlugte. »Hier! Hier … ist … was!«, keuchte sie und klammerte sich an ihrem alten Kumpel fest. Die sonst so taffe Ostfriesin fing am ganzen Körper an zu zittern. Piet erkannte nun auch, was Gretje so erschreckt hatte, und drückte sie fest an sich.

»Oh mein Gott!« Entsetzt schlug Bea Bissick eine Hand vor den Mund. Sie atmete geräuschvoll aus, ging in die Hocke und bestätigte, dass es eine dunkle Haarsträhne war, die, vom Sand zugeweht, vor ihr lag. Jan Berg kam seiner Kollegin zu Hilfe, reichte ihr die obligatorischen Handschuhe und leuchtete die Stelle aus. Vorsichtig schob die Kommissarin den Sand beiseite und legte einen schweren Stein frei, unter dem ein dickes Büschel dunkler, langer Haare klemmte.

»Evi!«, schrie Frederik verzweifelt auf. »Eeeeviii!« Was hatte man seinem Mädchen bloß angetan? Wo war sie? Er war sich absolut sicher, dass es sich bei dem Fund um die Haare seiner Freundin handelte.

Wie unter Schock taumelten Gretje und Piet hinter Leon her, der die übrigen Körbe inspizierte.

»Hierher! Hier ist sie!«, rief er und winkte die Suchenden zu einem Strandkorb heran, der mit einem Holzgitter und einem Vorhängeschloss gesichert war. Leon hatte das vermisste Mädchen gefunden. Hinter dem Gatter kauerte eine reglose Gestalt in einer roten Regenjacke mit weißen Punkten und den dazu passenden Gummistiefeln.

»Das sieht ja aus wie hinter Gittern!«, flüsterte Gretje erschüttert. »Wie in einem Käfig!«

77

Frederik streckte seinen Arm durch die Holzstäbe, er schüttelte das Mädchen, sprach auf Eva ein, doch sie rührte sich nicht. Die Kapuze war bis zur Nasenspitze ins Gesicht gezogen, mit angewinkelten Beinen ruhte sie auf der Bank. Auf den ersten Blick sah es so aus, als würde sie schlafen. Doch das Klebeband über ihrem Mund und die seltsam auf den Rücken gedrehten Arme widerlegten diesen Eindruck.

Onno rüttelte an den Holzstäben, fachmännisch nahm er das Vorhängeschloss ins Visier und fluchte dabei nach Seemannsart. Es war wohl besser, wenn er den Bolzenschneider aus seiner Werkstatt holte.

»Warte, lass mich mal machen!« Im Handumdrehen zog Gretje eine Sicherheitsnadel aus ihrer Kleidung. »Mit so was, da hab ich früher immer die Sparschweine geknackt!«, erklärte sie, schob die Nadelspitze in die winzige Öffnung des Schlosses, stocherte darin herum und mit einem leisen Klick öffnete sich der Bügel. »So, das funktioniert immer noch!«

»Gretje macht das schon!«, brummte Onno anerkennend, klopfte ihr auf die Schulter und entfernte das Gatter.

Frederik war sofort zur Stelle, er legte eine Hand an Evas Wange und schrie vor Glück auf, als sie durch die Nase schnaubte. Sein Mädchen lebte! Ganz behutsam löste er das Paketklebeband von ihrem Mund, kleine Hautfetzchen rissen trotz aller Vorsicht mit ab, Blut tropfte von ihren Lippen. Bei dem Versuch, das Mädchen aufzusetzen, erschraken sie über das Seil, mit dem ihre Hände auf dem Rücken zusammengebunden waren.

»Oh Mann, du armes Ding! Was ist das denn für eine Schweinerei? Das ist doch genau so ein Seil wie das für den Seemannsknoten.«

Unverzüglich funkte Jan Berg den Rettungsdienst an, Bea Bissick fotografierte den Tatort und Onno deckte Eva mit seiner warmen Jacke zu. Frederik setzte sich zu ihr und wiegte sie in seinen Armen wie ein Kind. Ihr die Kapuze abzunehmen, das traute er sich nicht.

Der Rettungswagen hielt wenig später auf der Strandpromenade, Jan Berg dirigierte die Helfer zum Tatort. Kurz bevor sie eintrafen, öffnete Eva die Augen und sah sich verwirrt um.

»Moin.« Sie gähnte, rieb sich Arme und Beine, stöhnte auf und fragte, was denn überhaupt los wäre. »Frederik, was machst du hier? Wieso …?« Ihre Stimme war nur ein heiseres Krächzen, verwundert sah sie von einem zum andern. »Ich weiß gar nicht mehr … Bin ich eingeschlafen?«

»Das kann man wohl so sagen!« Gretje holte eine Thermoskanne aus ihrem Beutel und reichte ihr einen Becher Tee. »Aber bestimmt nicht so ganz freiwillig, so wie das hier ausschaut!«

»Kannst du dich denn nicht erinnern?«, fragte Piet misstrauisch. »Sag, Eva, was ist denn nun mit Jacob?«

»Mir ist so kalt. Mein Kopf.« Eva fasste sich an die Stirn, schob die Kapuze zurück, fuhr sich durch das Haar und hielt mitten in der Bewegung inne. Da fehlte etwas. Es war so kalt am Kopf. Ihr schönes, langes Haar, um das sie alle beneideten, war nicht mehr da. Ihr kunstvoll frisierter Haarknoten war weg! Abgeschnitten!

»Nein!«, schrie sie. »Frederik, sag mir, dass das nicht wahr ist! Ich träume das alles doch nur? Oder? Ein Albtraum!« Ihr sonst so fröhliches Gesicht war nur noch von feinen Strähnen umrahmt, die bis zum Kinn reichten. Weiter oben auf ihrem Kopf standen die Haare zu Berge, sie waren nur noch wenige Zentimeter lang. Schluchzend sackte sie in den Armen ihres Freundes zusammen. Er streichelte ihr beruhigend über den Rücken und wiederholte immer wieder, wie sehr er sie liebe. »Ist doch egal, wie deine Haare aussehen, Hauptsache, du lebst. Ich hatte solche Angst um dich, meine Süße.«

Eva liefen die Tränen übers Gesicht, verzweifelt versuchte sie, sich ins Gedächtnis zu rufen, was nachmittags gewesen war. Nur bruchstückhaft kehrte ein Teil der Erinnerungen zurück. Völlig apathisch flüsterte sie Jacobs Namen, aber auch den von Scholle und ihrer Freundin Alicia.

Die Sanitäter kümmerten sich rührend um sie und wollten das Mädchen mitnehmen ins Krankenhaus. Mit Händen und Füßen wehrte Eva sich jedoch dagegen. Da bis auf den Verlust ihrer Haare keine sichtbaren Verletzungen festgestellt werden konnten und es keine Anzeichen eines Missbrauchs oder gar einer Vergewaltigung gab, schaffte sie es mit Bea Bissicks Unterstützung, ihren Willen durchzusetzen. Jans Kollegin vom Festland agierte äußerst umsichtig und empathisch. Nicht zum ersten Mal konnte sie ihre Spezialkenntnisse im Umgang mit traumatisierten Personen anwenden.

Onno Fokken trug die große junge Frau über den Strand bis zum Polizeiauto. Eine Handvoll neugieriger Passanten wartete sensationslüstern und schwätzend, mit gezückten Handys, neben dem Einsatzwagen. Blitzlichter flammten auf, als der starke Ostfriese mit dem vermissten Mädchen auf dem Arm näher kam.

»Die ist tot!«, diagnostizierte ein Besserwisser. »Ist das nicht die Friesenqueen?«, fragten sich zwei ältere Frauen und plauderten vergnügt weiter. »Die Krone kann die doch jetzt vergessen! Selbst schuld! Was läuft die auch mittendrin einfach weg?«, sagte eine der beiden und bot den Umstehenden auch einen Schluck Schnaps aus ihrer Flasche an. »Noch dazu mit einem Kerl. Und der soll noch nicht einmal ihr Freund gewesen sein, sondern ihr Liebhaber!«, wusste die andere aus angeblich zuverlässiger Quelle.

»Ach was!« Gretje schob sich mit spitzen Ellenbogen zwischen ihnen hindurch. Bea Bissicks schriller Pfiff auf den Fingern brachte die Tratschtanten augenblicklich zum Schweigen. Sie fuhren erschreckt zusammen und hielten sich die Ohren zu. Normalerweise wendete Bea diesen Trick nur an, wenn sie ihr Team zu einer Lagebesprechung zusammenpfiff.

Jan Berg scheuchte die Gaffer energisch auseinander und drohte mit einem Verfahren wegen Behinderung der Polizeiarbeit, wenn sie nicht augenblicklich verschwinden würden. Onno verfrachtete das Mädchen ins Auto, Frederik stieg ebenfalls ein und hielt ihre Hand. Gretje quetschte sich zu ihnen auf die Rückbank und wärmte das andere eiskalte Händchen. Onno streckte vorne neben Jan Berg die Beine aus, dann fuhr der Polizist los zur Friesenrose.

Piet weigerte sich hingegen mit der Sturheit eines Ostfriesen, auch noch mitzukommen. Wie ein Hund, der Stöckchen sucht, irrte er über den Strand. Er musste sein Patenkind finden, vorher wollte er nicht in die Friesenrose zurückkehren. Schließlich trug er die Verantwortung, auch wenn der Bengel längst volljährig war. Irgendwo in der Nähe musste Jacob doch sein! Piet war felsenfest davon überzeugt. Hoffentlich würde er ihn noch rechtzeitig finden und der angeforderte Polizeisuchtrupp nicht lange auf sich warten lassen.

13. Kapitel

Ida und Leon waren sich einig, dass man bei so einem Seenebel wie an diesem Tag nicht allein am Wasser unterwegs sein sollte, und hefteten sich an Piets Fersen. Der Ostfriese ließ sich nicht lange bitten, im Gegenteil, Piet war dankbar für die Unterstützung. »Sechs Augen sehen mehr als zwei«, sagte er.

Zu dritt zogen sie immer größere Kreise um den Strandkorb, in dem Eva gelegen hatte. Wenn sie ihr chaotisches Gestammel richtig verstanden hatten, konnten sie zumindest davon ausgehen, dass Jacob nicht in Richtung Hafen gelaufen war. Das waren aber alles nur vage, bruchstückhafte Geistesblitze, auf die man nicht allzu viel geben konnte.

Mit jedem Meter, den sie sich von dem Korb entfernten, wurde das Rauschen der Brandung kräftiger. Das Meer rollte immer wieder heran und zog sich dann zischend und gurgelnd wieder zurück. Mit gesenktem Kopf und noch wortkarger als gewöhnlich lief Piet allen voran. Zwischendurch wählte er Jacobs Nummer, hob minimal den Kopf und lauschte in sämtliche Richtungen. Nur das Rauschen des Meeres und das Signal eines Nebelhorns waren zu hören. Einmal glaubte Ida, ein verhaltenes Wimmern vernommen zu haben. »Das kann auch ein einsamer Heuler sein«, sagte sie und lief in die Richtung, aus der das Geräusch gekommen war. Jetzt hörte sie nichts mehr, vielleicht hatte sie sich das nur eingebildet.

Beim Überqueren der Buhnen halfen sie sich gegenseitig über die glitschigen Steine. Es war extrem gefährlich und rutschig, man konnte nur mit Mühe erkennen, wohin man trat. Viele Touristen, die leichtsinnig auf den algenbewachsenen Meeresbefestigungen herumkletterten und nach Krebsen, Seesternen oder den schön gewundenen

Schneckenhäusern der Wellhornschnecke Ausschau hielten, hatten auf diese Weise schon Bekanntschaft mit dem Krankenhaus der Insel gemacht.

Ein weiterer Strandabschnitt erstreckte sich vor ihnen, Leon legte die Hände an den Mund und brüllte zum wiederholten Male Jacobs Namen. Nach jedem Ruf lauschten sie in die Stille, immer in der Hoffnung auf eine Antwort oder irgendein anderes Lebenszeichen von ihm.

***

Das Polizeiauto hielt direkt vor Onnos Haus, vor dem eine vermummte Gestalt wartete. »Weg da von meinem Grundstück!«, schnauzte Onno den ungebetenen Gast an. Beim Näherkommen erkannte er aber schnell, dass es Franky war, ein befreundeter Arzt von Julie und Sven. Julie hatte ihn angerufen und gebeten, mit seinem Arztkoffer sofort herzukommen. »Ach, du bist das, Herr Doktor!«, freundschaftlich klopfte Onno ihm auf die Schulter, der Nachname des Arztes wollte ihm nicht einfallen, aber man duzte sich sowieso.

Julie war erleichtert, dass Franky dieses Wochenende auf Norderney verbrachte und keinen Notdienst an seinem Heimatort im Emsland schieben musste. Kurz und knapp schilderten sie, was geschehen war und in welcher Verfassung sie Eva vorgefunden hatten. »Sieh dir das Mädchen mal genau an.«

Schwankend stieg sie aus dem Wagen, sie konnte sich kaum auf den Beinen halten. Onno hob sie behutsam auf und trug sie ins Haus. Der Mediziner war sofort bei ihr.

Wenig später traf auch Bea Bissick in dem gemütlichen Häuschen ein. Überrascht über die freundliche, warme Atmosphäre der Einrichtung, die ganz nach ihrem

Geschmack war, erkundigte sie sich nach den Zimmerpreisen. Sie wollte wissen, ob Onnos Haus, wie die meisten anderen Unterkünfte auch, das ganze Jahr über ausgebucht war.

»Im November, da ist doch bestimmt nicht viel los. Da wollte ich noch ein paar Tage Urlaub machen. Haben Sie dann nicht ein hübsches, kleines Zimmerchen für mich frei?« Mit einem unwiderstehlichen Lächeln sah die zierliche Beamtin zu dem Ostfriesen auf und versuchte, ihn um den Finger zu wickeln. Amüsiert schaute Onno auf die Polizistin herab. »Was ist denn? Habe ich was Falsches gesagt?«

»Nee.«

»Was nee? Geht das auch etwas genauer?« Beas Lächeln erstarb von einem Augenblick auf den anderen, ein angriffslustiges Funkeln trat stattdessen in ihre Augen.

»Jau. Das geht auch genauer. Das ist hier nämlich keine Pension! Steht auch draußen auf dem Schild.«

»Ach so? Und was ist mit denen hier? Die wohnen doch auch hier, oder?« Sie zeigte auf Gretje und das verstörte Mädchen mit ihrem Freund.

»Das geht dich gar nichts an.«

»Oh Mann, Onno!« Gretje Blom hatte genug von diesem Gekabbel. »Nun spiel nicht wieder den ollen Griesgram.« Sie zählte Bea Bissick auf, wer alles bei Onno wohnte und dass das Zimmer Nummer fünf nicht vermietet werden sollte.

»Dass der Jacob da unterkommen konnte, das hat der einzig und allein seinem Onkel Piet zu verdanken. Und das ist mein bester Kumpel. Und der Onno und ich, wir sind gute alte Freunde. Mein Freddy, der jetzt bei die Fische lebt, der war nämlich der allerbeste Kumpel von dem Onno gewesen. Die zwei, das waren echte Seeräuber!« Mit einem treuherzigen Blick zu Onno beendete sie dann ihren Monolog.

»Die Nummer fünf ist nämlich für meine Piratentrophäen und Schätze reserviert«, brummelte der Seebär.

Die Polizistin verdrehte die Augen bei so viel Seemannsgarn. »Dann eben nicht. Wäre ja auch zu schön gewesen, wenn ich mal ein bisschen Glück gehabt hätte.« Während Bea noch darüber lamentierte, dass sie immer Pech hatte, meldete Eva sich. »Ich muss mal.« Sie hibbelte unruhig von einem Fuß auf den anderen.

»Warte!« Bea hielt das Mädchen auf. »Wir sollten einen Urintest machen.« Abwartend sah sie Frank an und zeigte auf seine Tasche. »Haben Sie auch Urinbecher da drin?« Frank bejahte und drückte Eva das Gefäß in die Hand.

»Wofür brauchen wir das denn?«, fragte Jan Berg verwundert.

»K.-o.-Tropfen! Schon mal gehört?«

Verärgert machte er Bea klar, dass ihm nicht zum Scherzen zumute war, und wies sie in ihre Schranken. »Hör mal zu, Bea. Dein Einsatz in allen Ehren, aber an deinem Ton solltest du arbeiten. Und falls du es noch nicht weißt, selbst auf einer kleinen ostfriesischen Insel gibt es eine Kriminalitätsrate. Leider Gottes geschehen auch hier Mord und Totschlag! Sogar mit Todesfolge.«

Julie verkniff sich das Lachen, Mord oder Totschlag ohne Todesfolge gab es doch gar nicht! Sie kümmerte sich um Eva, die mit dem Becher in der Tür stand und nicht wusste, wohin damit. Ihr war immer noch ein wenig schwindelig, trotzdem war sie auch mit einer Blutentnahme einverstanden, damit sich besser herausfinden ließ, was für einen Cocktail man ihr verabreicht hatte.

Onno ging in die Küche und setzte erst mal einen Tee auf, für die Landratte kochte er einen starken Kaffee, so wie die Bissick es wünschte. Gretje schrieb Piet eine WartsAb, sie wollte wissen, ob er mit seinem Suchtrupp schon weitergekommen war. Piets Antwort war leider nur der nach unten zeigende Daumen.

Gretje holte für Eva einen warmen Bademantel und eine Decke aus ihrem Zimmer. Eigenhändig kuschelte sie das hübsche Mädchen darin ein und fragte beiläufig, ob ihr nach dem Stückchen Kuchen von Jacobs kleinem Strandkorbpicknick vielleicht schlecht geworden wäre.

»Der Scholle, der hat sich nämlich nach dem Genuss meiner Friesentorte krankgemeldet.«

Eva umklammerte mit beiden Händen die Teetasse und wärmte sich daran. »Nee, da kann ich mich nicht dran erinnern. Auch nicht an eine Torte. Ich habe das Gefühl, als wenn ich einen riesigen Kater hätte. Dabei habe ich nur ein Schlückchen Prosecco getrunken.« Sie starrte in das Sahnewölkchen und lauschte abwesend dem Knistern des Kandis im Ostfriesentee. »Alicia!«, nuschelte sie unvermittelt und kaum wahrnehmbar.

»Soll ich Ally anrufen?«, bot Frederik an. »Soll sie herkommen?« Schon tippte er eine Nachricht ins Handy. »Ich habe ihr hoch und heilig versprochen, Bescheid zu sagen, wenn wir dich gefunden haben.«

»Ja! Schreib ihr, es geht mir gut. Und schreib ihr auch ein dickes Danke! Dafür, dass der Scholle sich verpisst hat.« Eva nippte an ihrem Tee. »Ich bin so müde, ich will eigentlich nur schlafen und meine Ruhe haben.« Sie lehnte ihren Kopf an Frederiks Schulter und fuhr sich durchs Haar. »Hauptsache, du bist bei mir, ich hab dich so lieb.« Sie kuschelte sich in seinen Arm und die Augen fielen ihr schon wieder zu. »Sie soll jetzt nicht kommen, später. Ich will nicht, dass sie mich so sieht. Ich schäme mich so, ich muss dringend zum Friseur.« Eva versuchte ein kleines Lächeln.

»Gehst du auch zu Theo, dem Inselfriseur?« Julie blickte sie mitfühlend an, von einer Frisur konnte bei Eva wirklich keine Rede mehr sein.

Sie nickte, dicke Tränen kullerten über ihre Wangen. »Der ist total verliebt in meine Haare. Der hat in der Hinsicht so eine richtige kleine Meise. Ich meine, mit den Haaren.«

»Haarfetisch!« Julie dachte an einen Typen aus ihrer wilden Zeit vor Sven. Der war sehr speziell, Gott sei Dank war diese Phase ihres Lebens endgültig vorbei.

»Interessant!« Bea machte sich eine Notiz. »Kannst du dir vorstellen, dass er, also dieser Friseur …« Sie druckste herum und überlegte genau, wie sie es formulieren sollte, sie wollte das Mädchen nicht noch mehr verletzen.

Eva schüttelte den Kopf. »Nee! Doch nicht der Theo! Der weigert sich ja schon, wenn er mehr als fünf Zentimeter von meinen Haaren abschneiden soll. Der liebt Haare!« Ohne ersichtlichen Grund kicherte sie plötzlich, man konnte meinen, sie wäre noch auf Droge. »Der hat mir mal im Vertrauen erzählt, dass er am ganzen Körper glatt wie ein Kinderpopo ist. Haare gehören nur auf den Kopf, hat er gesagt und sein Shirt hochgeschoben, damit ich mich selbst davon überzeugen kann.«

»Was meintest du denn damit, dass der Scholle sich verpisst hat? Was hat der von dir gewollt? Und wo war dein Verehrer? Du warst doch mit Jacob im Strandkorb? Oder mit wem sonst?«

Eva zuckte die Schultern. »Weiß nicht.«

»So kommen wir hier nicht weiter.«

Jan Berg hatte eine andere Vorstellung von einer Befragung, Beas Vorgehensweise passte mit seiner nicht zusammen. Widerstrebend ließ er sie dennoch gewähren, denn seine Erfahrungen mit K.-o.-Tropfen waren gleich null.

»Was schlägst du vor?«, fragte seine Kollegin.

»Ich fahre mal bei dem Herrn Scholle vorbei, und den Friseur, den nehme ich mir auch noch vor. Ich glaube, dem müssen wir mal gehörig den Kopf waschen.«

»Aber nicht im Alleingang! Wenn's recht ist, Herr Kollege.« Die Polizistin bemühte sich um einen angemessenen Tonfall. Sie sah Eva noch einmal an, die schon fast schlief. Guten Gewissens konnte sie Jan begleiten, die junge Frau war in der Friesenrose bestens aufgehoben.

»Okay! Denn mal los.«

14. Kapitel

Jurymitglied Scholle war nicht besonders erfreut, als er die Tür öffnete und den Inselpolizisten Jan Berg in Begleitung von Bea Bissick erblickte.

»Menschenskinder! Was ist denn nun schon wieder? Schon wieder ein Krankenbesuch? Kann ich denn nicht einfach im Bett liegen bleiben, bis es mir besser geht? Ich habe Magen-Darm. Das ist ansteckend!«

Von dieser Ansteckungsgefahr ließen sich die Beamten nicht beeindrucken.

»Herr Scholle, ich habe da noch ein paar Fragen«, sagte Jan Berg. Das, was Gretje von ihrem Krankenbesuch bei dem Jurymitglied erzählt hatte, ließ ihm keine Ruhe. Bea Bissick schob sich ungefragt an Scholle vorbei in die Wohnung.

»Moment! Wer sind Sie denn? Kennen wir uns? Habe ich Sie etwa gebeten hereinzukommen?«

»Danke für die Einladung, Herr Scholle. Bea Bissick. Bissick mit *ck* am Ende, Kripo Osnabrück«, stellte sie sich vor und wedelte mit ihrem Dienstausweis vor seiner Nase herum. Normalerweise ließ sie den im Urlaub zu Hause, doch jetzt war sie froh über ihre schludrige Art, vor der Abreise nicht alle Taschen kontrolliert zu haben. Unwillig betrachtete Herr Scholle die Karte und winkte die beiden in den Wohnraum.

»Sagen Sie, Herr Scholle, wann genau haben Sie sich bei der Jury abgemeldet? Und bei wem?«, eröffnete Bea das Gespräch, dabei ließ sie ihr Gegenüber nicht aus den Augen. Sie hatte einen sicheren Instinkt dafür, wenn jemand schwindelte. Körpersprache und Mimik, das war ihr Hobby, da konnte ihr so leicht niemand etwas vormachen.

»Heute Mittag war das, kurz nachdem ich diese verdammte Torte gegessen habe. Wieso? Wozu wollen Sie das wissen?«

»Wir stellen hier die Fragen!« Jan Berg liebte diese Floskel, auch wenn sie noch so abgedroschen war. Sie funktionierte! Jedenfalls meistens.

»Der junge Mann, der mich bedient hat«, Scholle schnaubte verächtlich. »Ich glaube, der hat in das Stück Torte was reingemischt. Rizinus oder so was! Alle anderen haben angeblich nämlich nichts gemerkt. Hat diese Alte, ähm … ich meine diese Gretje, gesagt. Die hat nämlich den Kuchen gebacken. Die war heute Nachmittag auch schon zu Besuch und hat komische Fragen gestellt.«

»Warum sollte der junge Mann denn so etwas tun? Gäbe es einen Grund dafür?« Jan Berg war sehr froh, dass seine Kollegin die Gesprächsführung übernommen hatte. Er hätte das nicht so sachlich und professionell hingekriegt.

»Setzen Sie sich doch erst einmal. Darf ich Ihnen was anbieten?« Ganz offensichtlich wollte der feine Herr Scholle Zeit gewinnen. Er schien verunsichert zu sein und musste sich anscheinend erst noch überlegen, was er darauf erwidern sollte.

»Sehr freundlich, aber bitte beantworten Sie meine Frage.« Bea wiederholte sie noch einmal.

»Der Typ, der war doch so was von scharf auf die Kleine! Auf unsere Superkandidatin, die Eva. Das habe ich dem doch gleich angesehen. Wie der die immer angeglotzt hat! Ekelhaft! Der war ja schon am Sabbern, wenn sie nur in seiner Nähe war.«

»Interessante Beobachtung.« Bea machte sich wieder Notizen. »Und Sie auch?«, hakte sie nach. Mit Genugtuung registrierte sie, wie Scholle alles Blut in den Kopf schoss. Sie hatte einen Volltreffer gelandet. Er öffnete den Mund und schloss ihn wieder, er japste nach Luft, wie ein Fisch auf dem Trockenen.

»So ein Quatsch!«, stieß er empört zwischen den Zähnen hervor. »Ich könnte ja ihr Vater sein!«

»Dann wollten Sie das Mädchen also beschützen, nicht wahr?«, fragte der Inselpolizist.

»Was denn sonst? Das konnte ich doch nicht zulassen, dass sie sich mit diesem Flegel mit der dicken Brille zu einem Schäferstündchen zurückzieht!«

»Und das entscheiden Sie, was die junge Frau darf und was nicht? Hat sie das denn getan? Sich zu einem Schäferstündchen zurückgezogen?« Bea musste einen ihrer bissigen Kommentare unterdrücken bei dem altmodischen Begriff für ein Date. So sprach doch kein normaler Mensch mehr. Sie musterte Scholle eingehend und kam zu der Überzeugung, dass er längst jenseits der fünfzig sein musste.

Die beiden Kommissare wechselten einen Blick. Jan Berg gefiel ihr kleiner Schmunzler, allmählich fing die Vernehmung an, ihm Spaß zu machen. So eine Kollegin wie diese Bissick, die wünschte er sich insgeheim in seinem Revier auf der Nordseeinsel.

»Ich habe die beiden doch mit eigenen Augen zusammen weggehen sehen. Die waren sehr vertraut miteinander, sehr intim, das kann ich Ihnen sagen. Dabei wirkte das Bürschchen überhaupt nicht wie ein Draufgänger. Das war so ein Schwachmat, so ein Vollpfosten.«

Bea schmunzelte bei den Schimpfwörtern, der Mann kannte also auch die Sprache der Jugend. Wieder kritzelte sie etwas in ihr Büchlein.

»Und dann sind Sie hinterher? Wo sind der Vollpfosten und die Schöne denn hingegangen?«

»Zum Strand natürlich! Die haben sich einen einsamen Strandkorb gesucht. Es war ja plötzlich alles nebelig, da hatte der Knabe bestimmt gedacht, er hätte freie Fahrt«, ereiferte Scholle sich.

»Und was haben die zwei dann tatsächlich gemacht? Haben sie … geknutscht? Oder nur geredet?«

91

»Sagen Sie mal, was wollen Sie eigentlich von mir? Ist das ein Verhör? Ich habe doch nichts Verbotenes getan! Ich wollte das Mädchen doch nur beschützen.«

»Nun, Herr Scholle, wir haben das Mädchen bewusstlos aufgefunden. Da müssen wir jeder noch so kleinen Spur nachgehen. Was hatten Sie gesagt, wann Sie sich bei der Jury krankgemeldet haben? Mit wem hatten Sie denn gesprochen?«

»Das muss so gegen zwei oder kurz danach gewesen sein. Ich hab doch nicht auf die Uhr geschaut. Unsern Starfriseur hab ich angerufen, Theo Schneider.«

»Und da waren Sie noch an dem Strandkorb? Die beiden hätten Sie doch hören müssen?«

»Natürlich habe ich dem Theo eine SMS geschickt!«

»Ach ja, klar! Hätte ich mir auch denken können.«

»Und dann sind Sie aus Ihrem Versteck hervorgekommen und haben sich eingemischt? So als Retter in der Not?« Beas Unterton verfehlte seine Wirkung nicht. Sie hatte Scholle genau an der richtigen Stelle getroffen.

»Wer erzählt denn so einen Blödsinn?«

»Nun ja, Sie sind von jemandem erkannt worden. Eva hat schließlich auch Freunde.«

»Aber doch nur von …« Scholle stutzte, er plusterte sich auf, schnaubte verächtlich, in seine Augen trat ein teuflischer Glanz. »Wer verbreitet denn solch infame Lügen über mich? Das ist Rufmord! Das lass ich nicht auf mir sitzen, derjenige kann was erleben!« Die Mimik des Geschäftsmannes sprach Bände. Je mehr er sich aufregte, umso gelassener wurde Bea Bissick.

»Was hat man denn noch über mich erzählt?« Scholle legte seine manikürten Fingerspitzen aneinander und atmete hörbar ein und aus. Die Wunde an seiner Hand entging Bea und Jan nicht. Sie durchschaute die Geste, mit der Scholle sich beruhigen wollte.

»Tja, Herr Scholle, das sieht gar nicht so gut für Sie aus«, provozierte die Kommissarin. »Jemand hat zufällig mitbekommen, wie Sie zusammen mit Eva im Strandkorb gesessen und Sekt getrunken haben. Sie hatten einen Arm vertraulich um das Mädchen gelegt und Ihr Mund soll Evas Gesicht sehr nahe gewesen sein.«

»Moment! Das muss ich doch mal eben klarstellen. Das ist doch alles eine dreiste Lüge! Erstens würde ich keinen Sekt aus der Dose trinken, und zweitens …«

»Wer hat denn was von einer Dose gesagt?« Die Ermittler nickten sich zu, bald hatten sie ihn.

»Und zweitens?«, nahm Bea den Faden wieder auf.

»Okay … Sie haben mich überführt«, gestand er schuldbewusst ein. »Es war alles ganz anders.«

»Ja? Wir hören.«

»Also, ich bin denen heimlich gefolgt. Die haben mich nicht bemerkt, man konnte ja überhaupt nichts sehen. Ich hatte mich hinter dem Strandkorb neben ihrem versteckt. Ja, ich wollte wissen, was die machen. Nun zufrieden?«

Das konnte ja noch dauern, wenn der jetzt mit Variante X, Y und Z den Tathergang schildern wollte. Gelangweilt schaute Jan Berg auf sein Handy, es gab immer noch nichts Neues über den Jungen. Das Geschwafel hier ging ihm allmählich auf den Geist.

»Nun kommen Sie mal endlich zur Sache und erzählen Sie uns keine Märchen!«, forderte der Inselpolizist ihn energisch auf.

»Auf einmal hörte ich albernes Gekreische und hysterisches Gelächter. Evas Freundin war plötzlich wie ein Geist aus dem Nichts aufgetaucht, die beiden waren richtig erschrocken. Alicia verhöhnte Evas Verehrer und rief immer wieder: ›Dann geh doch ins Wasser, wenn du ohne sie nicht leben kannst. Aber das traust du dich ja nicht, du Opfer, du! Lass meine Freundin endlich in Ruhe, du widerlicher, erbärmlicher Stalker!'« Aufmerksam folgten die Beamten Scholles Version der Geschichte.

»Und dann hat diese Alicia sich zu Eva in den Strandkorb gesetzt und den Prosecco rausgeholt. In einer Dose! Igitt!! Die waren nur am Gackern und haben sich über den Typen lustig gemacht. Alicia fand das wohl alles sehr witzig. Sie äffte immer wieder nach, was der Typ gesagt hatte. *Dann wirst du mich eben nie mehr wiedersehen!*« Scholle machte ein betroffenes Gesicht. Doch irgendetwas irritierte Bea an seiner Mimik. »Und dann habe ich nur noch gesehen, wie er sich davonmachte und durch den Nebel aufs Wasser zugeirrt ist. Hat man ihn schon gefunden?«

»Und Sie als erwachsener Mann haben tatenlos daneben gestanden und nichts unternommen? Haben Sie geglaubt, Sie sitzen vorm Fernseher?« Bea schnaufte verächtlich, sie war außer sich vor Wut. »Sie haben den Jungen eiskalt in sein Unglück laufen lassen? So etwas ist unterlassene Hilfeleistung, Herr Scholle! Sie können nur beten, dass dem Jungen nichts passiert ist! Anderenfalls sind Sie dran!«

War diese Insel denn übervölkert mit Idioten? Bea war kurz davor, Scholle am Kragen zu packen und ihn durchzuschütteln. Sie musste sich beherrschen ihm nicht gleich eine in seine arrogante Visage zu hauen.

»Ich wollte ja noch hinterher! Aber dann haben die Mädchen mich beruhigt und gesagt, dass das doch alles nur dumme Sprüche seien, und haben mir auch eine Dose angeboten. Der Kerl war ja auch schon gar nicht mehr zu sehen.«

»Ach ja? Und Sie haben dann fröhlich mit den beiden Frauen gebechert, und weil's so nett und so kuschelig in ihrer Mitte war, haben Sie der Jury mitgeteilt, dass Sie nach der Pause nicht wiederkommen könnten. Und für Eva haben Sie auch gleich ein kleines Briefchen aufgesetzt, mit dem sie ihren Rücktritt von der Wahl bekannt geben sollte?«

Jan Berg ballte die Fäuste in seinen Taschen, zum wiederholten Mal fragte er sich, warum er ausgerechnet in die Fußstapfen seines Vaters treten und auch zur Polizei gehen musste. Viel lieber wäre er Gärtner, meinetwegen auch Friedhofsgärtner, geworden. Mit Toten hatte man da schließlich auch zu tun.

»Geben Sie es doch endlich zu, Scholle, dass Sie es nicht länger ertragen konnten, von einer schönen, jungen Frau wie Eva abgewiesen zu werden! Aus diesem Grunde haben Sie ihr etwas ins Getränk gemischt. Wollten Sie verhindern, dass sie die Misswahl gewinnt? Aus Rache?«

»Ihnen hat doch eine Möwe ins Hirn geschissen! Ich sage gar nichts mehr ohne meinen Anwalt. Fragen Sie doch mal diese Alicia!«

»Gute Idee, das machen wir. Darauf können Sie sich verlassen! Wollen wir, Jan?« Bea nickte dem Kollegen zu. Scholle hatte ihnen genug Indizien geliefert, eine Fluchtgefahr stand völlig außer Frage. Der Flugverkehr war eingestellt worden und die Mitarbeiter am Fähranleger würden sie umgehend informieren.

»Junge, Junge, Junge«, schnaubte Jan in Gretjes Tonfall, als sie wieder auf der Straße waren. »Seemannsgarn ist nichts dagegen.«

»Hmm.« Bea kämpfte nicht nur mit der Wut in ihrem Bauch, auch gegen ein fieses Hungergefühl, das sich bei weiteren Befragungen äußerst negativ auswirken würde. Mit knurrendem Magen konnte sie sehr, sehr ungemütlich werden.

»Und nun?«, fragte Jan seine Kollegin. »Erst Alicia oder der Starfriseur mit der unbehaarten Brust?«

»Erst mal ein Fischbrötchen oder so! Sonst kann ich für gar nichts mehr garantieren!«

»Jau! Da habe ich einen guten Tipp, wo wir das jetzt kriegen.«

15. Kapitel

Bea und Jan standen vor einem Hinterhaus, das man nur durch ein schmales Gässchen erreichen konnte. Es lag etwas versteckt im Herzen der Insel. Die Fenster waren vor den Blicken Neugieriger nicht geschützt, die beiden Beamten beobachteten den Maestro der Haarkunst einen Moment, der es sich in einem Sessel bequem gemacht hatte und in einer Zeitschrift blätterte.

»Dann wollen wir mal.« Entschlossen drückte Bea auf den Klingelknopf. Neben dem Namen Schneider war eine Schere abgebildet. Weitere Klingelknöpfe gab es nicht, der Starfriseur bewohnte das gepflegte Häuschen anscheinend allein.

Theo Schneider sah den Polizisten überrascht an, als er seine Kollegin vorstellte und den Besuch damit erklärte, dass er dienstlich mit ihm sprechen müsste.

»Bitte, kommen Sie doch rein. Was kann ich denn für Sie tun?« Theo Schneider drehte die Musik leiser und legte das Fachmagazin auf einen Stapel Zeitschriften mit den neuesten Haartrends.

Die Beamten kamen gleich zur Sache und fragten, um welche Uhrzeit der Herr Scholle sich bei ihm oder bei der Jury krankgemeldet hatte.

»Kaffee oder Wasser? Oder ein Bier?« Der Haarkünstler zeigte mit einer einladenden Geste auf seinen edelstahlglänzenden Kaffeeautomaten in der offenen Küche. Die darunter stehende Espressotasse wirkte teuer und geschmackvoll, sie passte perfekt zu der puristischen Einrichtung seiner Wohnung. Ein verführerischer Duft von frisch gebrühtem Kaffee erfüllte den Raum.

»Fisch muss schwimmen«, nuschelte Bea und sagte bei dem Bier nicht Nein. Sie hatte ja schließlich Urlaub und die zwei Heringsbrötchen stellten eine solide Grundlage dar.

Jan Berg entschied sich für den Kaffee, wenigstens er musste einen klaren Kopf behalten. Vermutlich würde der Abend noch lang werden.

»Zeigen Sie uns doch bitte einmal, wann genau die SMS bei Ihnen eingegangen ist«, kam Jan Berg auf den eigentlichen Grund seines Besuchs zurück.

»Hier.« Theo öffnete den Posteingang. »Sehen Sie! Um genau achtzehn Minuten nach zwei.« Er hielt Bea zum Beweis sein Smartphone hin.

»Und was soll der Zwinkersmiley hier bedeuten?«, sie tippte auf das kleine Symbol.

»Ach, das hat nichts zu sagen. Scholle mag diese Spielerei mit den kleinen Bildchen. Ist eben seine Art, Gefühle auszudrücken.«

»Ach?« Bea zog eine Augenbraue hoch. »Fällt es ihm sonst schwer, Gefühle zu zeigen? Besonders bei Frauen?«

Theo brühte sich einen zweiten Espresso. »Nun ja, sagen wir mal so, er ist nicht ganz einfach. Beziehungsstatus kompliziert«, witzelte er.

»Wie soll ich denn das verstehen?« Bea wischte sich etwas Bierschaum vom Mund und sah den schwarz gekleideten Friseur mit dem modernen Kurzhaarschnitt und dem gepflegten Vollbart interessiert an. Die vereinzelten silbernen Härchen, die auf ein Alter um die vierzig schließen ließen, hätte sie am liebsten eigenhändig ausgezupft. Sie störten seine perfekte Erscheinung, anderseits waren sie aber auch ein echt attraktiver Hingucker. Einen Moment zu lange blieb sie an seinem Äußeren hängen. Nackt wie ein Kinderpopo, so hatte Eva gesagt. Unwillkürlich musste sie schmunzeln bei der Vorstellung, wie sein trainierter Body unter dem Shirt mit dem Aufdruck *Meine Insel – Dein Friseur* wohl aussah.

Theo hielt dem durchdringenden Blick der Polizistin stand. Die Sprenkel in seinen braunen Augen verwirrten Bea für den Bruchteil einer Sekunde. Sie ahnte, weshalb Theo Schneider dieses sagenhafte Image eines Starfriseurs genoss. Schnell hatte sie sich aber wieder im Griff, sie konzentrierte sich auf das Gespräch und auf seine Mimik.

In vertraulichem Ton plauderte Theo aus, dass es Scholle einfach zu gut gehe. »Der glaubt doch wirklich, mit Geld kann man sich alles kaufen. Und wehe, er bekommt nicht das, was er haben will. Dann kann der aber so was von fies werden. Ein richtiger Choleriker! Zum Feind möchte ich den nicht haben!«

»Aber als Freund? Sie sind doch gut befreundet«, wagte Jan sich vor.

»Na ja. Sagen wir mal so …« Theo inhalierte das Kaffeearoma, erst dann nippte er an der Tasse. »›Freund‹ ist ja ein sehr weiter Begriff. Das trifft es nicht wirklich. Sehen Sie, ich bin doch nur ein Handwerker. Allerdings einer, der sein Handwerk von der Pike auf gelernt hat und es versteht. Mit Recht kann ich von mir behaupten, dass ich ein Haarkünstler bin!« Er vergrub seine Fingerspitzen im Bart, kraulte sich das Kinn und machte einen nachdenklichen Eindruck. »Für manche bin ich natürlich auch so etwas wie ein Beichtvater, oder auch eine Inspiration, eine Muse. Stimmt's?« Fragend sah er zu Jan hinüber. Der Inselpolizist nickte, er kannte seine Leute. Es war kein Geheimnis, dass die Schönen und Reichen dem Friseur ihr Herz ausschütteten. Und sicher auch ihr Portemonnaie.

»Wenn Not am Mann ist«, er lachte und verbesserte sich, »… an der Frau, dann mache ich auch schon mal Hausbesuche«, sagte er mit einem frechen Zwinkern, das allein Bea galt.

»Haben Sie heute zufällig auch noch einen Hausbesuch gemacht? Vielleicht in der Mittagspause?« Jan Berg ließ nicht locker. Das merkwürdige Geplänkel zwischen seiner Kollegin und dem Befragten versuchte er zu ignorieren.

Ausgerechnet jetzt meldete sich sein Handy. »Frau Bissick, ich geh mal kurz vor die Tür«, entschuldigte Jan sich. Bea nickte. Sie setzte das Verhör fort, die Einladung des Friseurs in seinen Salon und seine Ideen, was er aus ihrem Haar alles zaubern könnte, quittierte sie mit gespielter Gleichgültigkeit.

»Dann können Sie mir doch bestimmt auch sagen, wie das Verhältnis zwischen Scholle und Eva war. Wollte Scholle etwas von ihr? Oder ... waren die zwei heimlich ein Paar?«

»Oh mein Gott! Doch nicht meine Eva!« Theo schlug die Hand vor den Mund. »Allein der Gedanke lässt mich schaudern! Die ist außerdem mit diesem, diesem Frederik zusammen. Ein so schönes und auch sehr nettes Paar.« Theo lächelte still. »Und diese Haare!«, schwärmte er. »So wunderschönes Haar und noch nicht einmal gefärbt! Wenn Eva bei mir im Salon sitzt, dann kann ich nicht anders, dann muss ich jedes Mal mit meinen Händen voll hineingreifen und ihr die Kopfhaut massieren. Ich liebe Haare! Und Evas Schopf ganz besonders. Es gibt nichts Aufregenderes für mich, als meine Nase darin zu versenken und es zu riechen, den Duft des Haars in mich aufzusaugen!« Völlig entrückt schnupperte er in die Luft. »Einmal wollte sie tatsächlich, dass ich ihr Haar bis auf Schulterlänge kürze. Aber da habe ich mich strikt geweigert. Das mache ich nicht, das kommt überhaupt nicht infrage!«

»Interessant. Ich wusste gar nicht, dass es so etwas wie einen Haarfetisch gibt.«

»»Fetisch‹ ist ja nun etwas übertrieben! Jeder hat nun mal so seinen Tick. Ist doch harmlos.«

Nach ein paar Minuten kam Jan wieder herein und hielt Bea sein Handy unter die Nase.

Jacob gefunden!

Bea atmete auf und tuschelte mit dem Kollegen. Sie wollten so schnell wie möglich ihren Besuch bei dem

Friseur beenden. Ein paar Fragen mussten aber noch geklärt werden. Theo bemerkte den Stimmungsumschwung, die Geheimnistuerei gefiel ihm überhaupt nicht.

»Sie haben uns immer noch nicht beantwortet, wie Sie die Mittagspause verbracht haben. Waren Sie die ganze Zeit über mit der Jury zusammen? Oder haben Sie die Pause für einen Hausbesuch genutzt?«, erkundigte Bea sich mit süffisantem Unterton und engelsgleichem Lächeln.

»Warum fragen Sie mich denn nicht einfach, ob ich ein Alibi habe? Darauf wollen Sie doch hinaus.«

»Und? Haben Sie eins?«

»Ja!«

»Na, denn mal raus mit der Sprache!«, ermunterte Bea ihn. War er mit einem Mal nur deshalb so unnett, weil sie nicht auf seine Avancen eingegangen war?

»Ich war bis ungefähr um zwei in dem Garderobenzelt bei den Missies. Befragen Sie ruhig die Frauen, die werden Ihnen das bestätigen.«

»Und danach?«

Theo schlürfte den letzten Tropfen aus seiner Tasse.

»Da habe ich noch einer Dame von den Leuchttürmen die Haare gemacht. Ja, hier bei mir. Diese Rothaarige. Sie kann das bezeugen.«

»Lola?« Jan Berg verdrehte die Augen. Er erinnerte sich sehr gut an die Rothaarige, die er nicht als Dame bezeichnen würde. Aber das tat nichts zur Sache, der Friseur hatte anscheinend ein Alibi.

»Genau die. Interessante Person!«, fügte der noch hinzu und verriet, dass er eine Schwäche für reifere Frauen hätte. »Aber nicht nur!« Er schickte ein Augenzwinkern in Beas Richtung, doch die verzog nur genervt das Gesicht.

»Herr Schneider, vermissen Sie vielleicht eine von Ihren Friseurscheren?« Jan suchte in seiner Tasche danach und stellte entsetzt fest, dass er sie dummerweise in der Friesenrose vergessen hatte.

Theo verneinte. Nach seiner Mimik zu urteilen, sagte er die Wahrheit, davon war Bea überzeugt. Eine allerletzte Frage musste sie aber noch loswerden.

»Können Sie sich vorstellen, dass der Herr Scholle dem Mädchen K.-o.-Tropfen verabreicht hat? Um sie willenlos zu machen und sich das zu nehmen, was er schon immer von ihr bekommen wollte?«

»Frau Bissick! Was soll das heißen?« Theo war völlig aufgelöst. »Ist Eva etwas zugestoßen? Hat er sie vergewaltigt …?«

»Würden Sie ihm denn so etwas zutrauen?«, beharrte Bea auf einer Antwort.

»Um Himmels willen! Wollen Sie mir nicht endlich sagen, was hier eigentlich gespielt wird? Also, ich … ich würde meine Hand nicht für Scholle ins Feuer legen.«

»Danke. Das hilft uns schon ein Stückchen weiter.« Bea suchte in einer ihrer vielen Jackentaschen nach einer Visitenkarte. »Wenn Ihnen noch etwas einfällt, das irgendwie von Bedeutung sein könnte, dürfen Sie mich jederzeit anrufen.«

Theo nahm das Kärtchen entgegen, warf einen Blick darauf und versprach, dass er das auf alle Fälle machen würde. Jan Berg trank seinen letzten Schluck kalten Kaffee aus. »Der Kaffee ist wirklich gut. Und das sage ich als alter Teetrinker. Würden Sie mir verraten, welche Kaffeesorte das ist?«

»Aber klar.« Geschmeichelt schrieb Theo Schneider den Namen und auch die Internetadresse auf, wo man die Bohnen bestellen konnte. »Also, wenn Sie wieder mal einen erstklassigen Kaffee trinken möchten, dann kommen Sie doch in meinen Salon. Den gibt es gratis zum Haarschnitt.«

»Und nun?«, fragte Bea, als sie durch die schmale Gasse zu ihrem Auto zurückgingen. Sie sah Jan von der Seite an und sagte: »Die Sorte muss ich unbedingt meinem Kollegen in Osnabrück empfehlen. Der ist morgens nämlich vor der dritten Tasse nicht ansprechbar. Wusste gar nicht, dass es Ostfriesen gibt, die auch auf Kaffee stehen.«

»Wusste ich bis eben auch nicht«, erwiderte Jan mit einem breiten Grinsen und zeigte Bea die neueste WhatsApp von Gretje Blom. »Hier!«

»Auftrag an Inselpolizist!«, las Bea kichernd. »Sieh mal zu, dass du eine Schriftprobe von allen Verdächtigen bekommst. Und pass auf, mit welcher Hand die das aufschreiben.« Bei Bea machte es klick.

»Das hätten wir schon eher wissen sollen! Als wir bei Scholle waren!«, grummelte sie. »Die Alte ist ja richtig gut. Alle Achtung! Und …?«, sie sah ihren Kollegen fragend an. »Mit welcher Hand hat er geschrieben?« Sie selbst hatte nicht darauf geachtet. Sie tippte auf Rechtshänder. Jan Berg bestätigte ihre Vermutung.

»Die Gretje, die ist immer noch eine ganz tolle Frau, auch wenn sie nicht mehr taufrisch ist. Aber in der Birne, da ist die noch so was von fit. Die macht so ein Kopptraining, hat sie mir erzählt. Ob wir das bei der Polizei auch mal einführen sollten?« Jan Bergs Redefluss war plötzlich nicht mehr zu bremsen. Er kramte in Erinnerungen und breitete seine halbe Kindheit vor der Kollegin aus. Bea hörte ihm zu, ohne auch nur einen dummen Kommentar von sich zu geben, wie sie es sonst gern tat. Am Dienstwagen angelangt, schaltete sie sofort wieder um auf die pflichtbewusste Beamtin, die ihrem Namen alle Ehre machte.

»Wohin denn jetzt? Friesenrose oder Freundin Alicia?«, fragte sie.

»Wir fahren zu Alicia! Der Junge ist ja wahrscheinlich noch nicht vernehmungsfähig.«

»Okay, Chef!«

16. Kapitel

Der Weg zu Alicia führte an der Friesenrose vorbei, zu Beas Verwunderung legte Jan, anders als geplant, einen Zwischenstopp ein.

»Auf Männer ist einfach kein Verlass«, murmelte sie und fragte sich, wozu das nun wieder gut sein sollte.

»Wenn wir schon mal hier sind, wollte ich mal eben, na, du weißt schon …«

»Dich frisch machen, die Nase pudern, für kleine Jungs oder auch für Königstiger???« Bea amüsierte sich über ihren Kollegen, der plötzlich ganz schnell wurde und zur Haustür hineinstürmte.

»Halt die Klappe!«, knurrte er, zielstrebig raste er an Onno Fokken vorbei. Bea wollte erst im Auto auf ihn warten, aber da er sich bestimmt noch festquatschen würde, folgte sie ihm lieber. Schon im Flur stieg ihr der Geruch von Pizza in die Nase, es duftete nach Käse, Zwiebeln, Thunfisch und Oregano. Im Wohnzimmer stapelten sich die Verpackungen auf dem Tisch. Eva lag lang ausgestreckt auf dem Sofa, sie schlummerte selig, ihr Kopf ruhte auf Frederiks Beinen. Bea wurde es ganz warm ums Herz, als sie sah, wie verliebt der junge Mann in ihrem Haar spielte und wie rührend er sein Mädchen umsorgte.

»Ihr lasst es euch aber gut gehen!«, sagte sie und angelte sich ein Stückchen lauwarme Pizza. Von den Fischbrötchen allein konnte sie nicht satt werden. Mit vollem Mund erkundigte sie sich nach Jacob und griff erneut zu. Mitten im Kauen lief die Kommissarin plötzlich puterrot an. Sie atmete schwer und zeigte auf die Schere, die sie am Strand gefunden hatten. »Was habt ihr damit gemacht?« Das Indiz lag mitten auf dem Tisch, zwischen den Essensresten. Es war nicht mehr steril verpackt!

»Das sieht man doch!«, fauchte Gretje zurück. »Die hat der Herr Kommissar doch glatt bei uns vergessen. Und diese blöde Verpackung, die wollte einfach nicht aufgehen.«

»Sag mal, seid ihr denn hier alle völlig durchgeknallt? Ihr könnt doch nicht ein Beweisstück … Jan! Jan, sag du doch auch mal was!«

Beas Kollege sah sich das Chaos schweigend an und zählte rückwärts von zehn bis eins. Das machte er immer so, wenn er sich aufregte. Als er bei null angekommen war, bedachte er Gretje mit einem strafenden Polizistenblick. Schuldbewusst senkte die alte Dame den Kopf und streckte ihm die Hände entgegen. »Nun hol schon die Handschellen raus! Willst du mich dafür denn nicht verhaften?«

Das Schuldanerkenntnis brachte Jan und Bea nun vollkommen aus dem Konzept. Gretje nahm die Hände wieder zurück, ihr ganzer Körper bebte, Tränen liefen ihr wie kleine Rinnsale durch die Fältchen über ihre Wangen, jetzt konnte sie das Lachen nicht mehr länger zurückhalten.

»Das ist Behinderung von Polizeiarbeit und überhaupt nicht komisch!«, zischte Bea, sie konnte darüber nicht lachen.

»Ach was? Denn will ich dir mal was sagen, Frau Urlaubspolizistin. Wenn ihr Bullen zu dösig seid und eure Beweismittel überall rumliegen lasst, dann müsst ihr euch nicht wundern. Aber das Haar, das dazugehört, das habe ich nicht berührt. Das ist noch in dem Plastikbeutel. Und außerdem …«, sagte Gretje abschließend, »wenn ich die Schere nicht ausprobiert hätte, dann wüssten wir jetzt nicht, dass es sich um eine Schere für Linkshänder handelt. Eine Friseurschere für Linkshänder! So! Was sagst du nun?«

Was sollte sie dazu sagen? Sie hielt besser den Mund, auch wenn es ihr schwerfiel. Mit dem Hinweis auf einen Linkshänder würden sie tatsächlich schneller vorankommen und den Täter mit hoher Wahrscheinlichkeit überführen können. Ihr Kollege hatte sich schnell wieder abgeregt, ihn interessierte viel mehr, wie es Jacob ging. Er wollte möglichst sofort mit ihm sprechen, falls sein Zustand das erlaubte. Bedauerlicherweise war Jacob aber noch nicht ansprechbar.

Julie berichtete, wie sie den Jungen am Strand mit dem Kopf auf einer Buhne liegend entdeckt hatten. Er war kaum noch bei Bewusstsein und wimmerte vor Schmerzen. Nach der Erstversorgung hatte der Rettungsdienst Jacob zusammen mit Piet ins Krankenhaus gefahren. Jacob musste allem Anschein nach böse gestürzt sein, die Blutergüsse am Körper und die Schürfwunden deuteten darauf hin. Es war noch fraglich, ob der Junge entlassen würde oder die Nacht im Krankenhaus verbringen musste. Wenn innere Verletzungen oder komplizierte Knochenbrüche ausgeschlossen werden konnten, dann hatte er eine Chance, die Nacht über in der Friesenrose zu wohnen. »Piet ist ganz verzweifelt, er macht sich solche Vorwürfe, er fühlt sich verantwortlich für das, was passiert ist.«

Jan Berg erschrak, als er sah, wie spät es mittlerweile geworden war, und drängte zum Aufbruch. »Los, Bea, auf zu Alicia. Ich bin wirklich gespannt, wie sie auf Scholles Anschuldigungen reagiert.« Er packte die Schere in seine Arbeitstasche, die Proseccodose legte er auch dazu.

»Nun mal nicht so fix!« Onno hatte den Tisch aufgeräumt und drückte Bea die Pizzakartons in den Arm. »Nimm das mal eben mit, um die Ecke steht die Altpapiertonne.« Er hatte sich den Samstagabend irgendwie anders vorgestellt. Seit Gretje wieder im Haus war, war es mit der Ruhe vorbei.

***

»Glaubst du, dass der Jacob wirklich Suizidabsichten hatte?«, fragte Bea auf dem Weg zu Alicia. Sie war in Gedanken bei ihrer Tochter, die mit ihren zwanzig Jahren ungefähr im gleichen Alter wie Jacob und die Mädchen sein musste.

»Keine Ahnung, ich kenne ihn ja nicht einmal. Ich habe ihn mal zusammen mit Piet gesehen, aber das ist auch alles. So verrückt könnte ich niemals sein, wegen einer Frau ins Wasser zu gehen!« Jan schüttelte sich wie ein nasser Hund und sah Bea von der Seite an. Sie hatte ihm nicht zugehört, sie war mit ihrem Handy beschäftigt und tippte gerade drei Buchstaben und ein Herzchen ein.

»Müde? War ja auch ein harter Tag. Und das alles in deinem Urlaub!«

»Nee, müde eigentlich nicht.« Bea hatte plötzlich solche Sehnsucht nach ihrer Tochter. Sie verriet Jan, was sie bewegte. Sie fragte sich, ob sie als Mutter es mitbekommen hätte, wenn ihre Tochter vor Liebeskummer auf dumme Gedanken gekommen wäre. »Hier, schau mal. Das ist sie. Sie studiert in Hamburg.«

Jan betrachtete die hübsche junge Frau auf dem Foto, sie sah ihrer Mutter zum Verwechseln ähnlich. »Das könnte glatt deine Schwester sein. Du bist doch noch gar nicht so alt! Ich sag's ja immer, man guckt den Leuten nur vor den Kopf.«

»Vielen Dank! Aber hier …« Bea zog die Stirn kraus. »Siehst du das? Falten! Letztes Jahr bin ich schon vierzig geworden, ich war mit zwanzig bereits schwanger und verheiratet.«

»Donnerwetter! Dann hast du aber verdammt früh angefangen. Ich war noch nie verheiratet und ich gehe auch schon stark auf die vierzig zu. Ist dein Mann ein Kollege von uns?«

»Nein! Wir sind inzwischen geschieden. Das war die beste Entscheidung meines Lebens. Die Scheidung!«, fügte Bea trotzig hinzu. Sie wollte gerade ihr Handy wieder einstecken, da meldete es sich und ein Lächeln huschte über Beas Gesicht. Sie zeigte Jan die Nachricht. *Alles gut, Mama! Bei dir auch? Hab dich auch lieb.*

»Dann wollen wir uns jetzt mal um das Alicia-Kind kümmern. Du kennst dich ja ziemlich gut mit dem Alter aus.«

»Na ja. Geht so.«

»Bin gespannt, was Alicia uns zu sagen hat. Was meinst du, ob der Scholle mit dem Friseur unter einer Decke steckt?« Jan suchte das Namensschild und drückte entschlossen auf A. Wolters. Bea schüttelte den Kopf. »Das ist vollkommener Quatsch. Unser schöner Theo hat außerdem ein Alibi.«

»Ja, schon. Aber nur mal angenommen, der Scholle hat zu dem Theo gesagt, ich liefere dir den Zopf und als Gegenleistung dafür …«

»Wer ist da?«, wurden sie unterbrochen.

»Jan Berg, Polizeiwache Norderney.«

17. Kapitel

Mürrisch öffnete Alicia mit einem Pott Tee in der Hand die Tür und fragte, ob sie wegen ihrer Freundin mit ihr sprechen wollten. Jan bestätigte das.

»Gott sei Dank ist sie ja noch einmal heil davongekommen, das hätte böse enden können«, eröffnete Alicia ihre Schilderung. »Zum Glück war ich ja rechtzeitig zur Stelle, also sonst ...« Sie holte tief Luft und ließ offen, was andernfalls passiert wäre. »Ich habe dem Frederik schon alles erzählt, was ich weiß. Hat er Ihnen davon nichts gesagt? Soll ich das alles jetzt noch einmal erzählen?«

Bea sah das Mädchen mitfühlend an. »Leider gibt es noch ein paar Unklarheiten. Das muss für dich ja auch ein furchtbarer Schock gewesen sein. Ich darf doch Du sagen?«

Alicia traten die Tränen in die Augen. Sie konnte immer noch nicht fassen, was am Strand geschehen war, es war alles noch so unwirklich.

Jan Berg schaute sich interessiert in dem kleinen Wohnraum um. Er versuchte erst gar nicht, sich in die Unterhaltung einzumischen, bislang hatte er bei ähnlichen Gelegenheiten immer den Kürzeren gezogen. Das, was seine Kollegin da gerade abspulte, sah eindeutig nach einem vertraulichen Gespräch von Frau zu Frau aus. Vielleicht war das aber auch nur eine Taktik seiner Kollegin. Er verschaffte sich in der Zeit lieber einen Gesamteindruck von Alicia, die in einem der winzigen Apartments lebte, die dem Servicepersonal vom Arbeitgeber zur Verfügung gestellt wurden.

»Weißt du, was ich nicht verstehe, Alicia?«, fragte Bea das schluchzende Mädchen. »Warum seid ihr nicht einfach abgehauen, als der Herr Scholle sich einmischen wollte?«

»Ja. Das frage ich mich im Nachhinein auch, das war dumm von uns. Ich mache mir schreckliche Vorwürfe. Hat Eva Ihnen denn nichts erzählt?« Bea verneinte und setzte

Alicia davon in Kenntnis, dass Eva sich an nichts erinnern konnte.

»Deshalb sind wir ja hier bei dir. Vielleicht kannst du uns dabei helfen, die einzelnen Puzzleteilchen zu finden und sie zu einem ganzen Bild zusammenzusetzen. Bitte, Alicia, wir brauchen deine Hilfe. Erzähl uns, was geschehen ist.«

Stockend schilderte sie, dass ein Typ namens Jacob ihre Freundin seit geraumer Zeit nervte, dass er richtig Terror veranstaltete und Eva stalken würde.

»Eva ist einfach zu gutmütig!«, fasste sie zusammen. »Sie hat sich wirklich von dem bequatschen lassen. In der Mittagspause wollte sie sich zu einem Spaziergang mit ihm treffen, um noch ein allerletztes Mal mit ihm zu reden. Ich habe ihr verklickert, wie ich das sehe, was ich davon halte und dass ich mir Sorgen mache, aber Eva hat mich nur ausgelacht und behauptet, dass sie mit Jacob schon allein klarkäme.«

Bea nickte, das wussten sie bereits. Sie war nicht ganz bei der Sache, ihr Handy brummte und zeigte *Nummer unbekannt* an. Alicia redete indes ohne Punkt und Komma weiter. Sie hatte kein gutes Gefühl bei der Aktion ihrer Freundin gehabt und war ihr dann heimlich gefolgt.

»Und dann hast du dich hinter einem Strandkorb versteckt und alles beobachtet?«

Alicia gab es verschämt zu. »Ja! Ich weiß, man soll nicht lauschen. Aber in dem Fall … was hätten Sie denn an meiner Stelle gemacht?«

»Du hast ja recht. Manchmal muss man Dinge tun, die man normalerweise nicht einmal in Erwägung ziehen würde«, bestätigte Bea. »Worüber haben die beiden sich denn unterhalten?«

»Ach, so genau konnte ich das nicht verstehen. Jedenfalls nicht alles.«

»Hast du denn gehört, dass Jacob angedeutet hat, dass er sich möglicherweise etwas antun will?«, mischte Jan sich jetzt doch ein. Das Geplauder der beiden Frauen hatte noch kein Licht ins Dunkel gebracht. Das ging ihm alles zu langsam. Fehlte nur noch, dass Alicia der Kommissarin einen Prosecco anbieten würde. Bea bedachte ihn mit einem giftigen Blick und fragte nach einem Glas Wasser.

»Wollen Sie auch ein Wasser?«

»Danke, besser nicht. Sonst muss ich dauernd wohin«, lehnte Jan ab.

»Gehen Sie ruhig. Gleich um die Ecke ist die Tür.« Alicia kehrte mit dem Getränk zurück und beantwortete Jans Frage.

»Ob der sich was antun will? Nee, ich weiß nicht, ob er das so gesagt hat. Ganz plötzlich ist nämlich der Scholle wie ein Irrer hinter einem Strandkorb hervorgesprungen und hat ihn angebrüllt, dass er Eva gefälligst in Ruhe lassen soll.«

»Boah! Da hast du dich bestimmt ganz schön erschrocken. Hattest du keine Angst, dass er dich entdecken könnte?«

Sie zuckte mit den Schultern, darüber hatte sie sich in dem Moment keine Gedanken gemacht. Sie hatte nur mitbekommen, wie Jacob den Herrn Scholle immer mehr provozierte. »Der hat so richtig den großen Macker gespielt, er wollte Eva wahrscheinlich imponieren. Aber dann …«

»Was dann?«

»Der Scholle, der hat einfach zugeschlagen und dem Jacob einen solchen Haken verpasst, dass dem die Brille von der Nase geflogen ist. Scholle hat nur hämisch gelacht und gefragt: ›Ist noch was?‹«

»Und Eva? Hat die nichts gesagt, hat die nicht eingegriffen?«

»Zuerst hat sie nur wie versteinert im Strandkorb gesessen, die hatten wahrscheinlich schon was getrunken gehabt. Aber dann hat sie Scholle angeschrien, dass er Jacob in Ruhe lassen sollte. Aber der war so in Rage und wollte sich überhaupt nicht mehr einkriegen. Schließlich hat sie ihn sogar angefleht und ihm versprochen, alles zu tun, was er von ihr verlangt. Der war wie von Sinnen, und als der die Brille im Sand liegen sah, da hat der so lange darauf herumgetrampelt, bis sie völlig kaputt war.«

Bea wechselte einen Blick mit ihrem Kollegen und machte sich Notizen. Jan Berg verfolgte das Gespräch, hielt sich aber weiterhin im Hintergrund und studierte die Fotos über dem kleinen Sofa. Eva und Alicia waren auf den meisten Bildern zu sehen, wie sie ihre Köpfe zusammensteckten und in die Kamera lachten. Es gab auch schön gerahmte Aufnahmen gemeinsam mit Frederik. Jetzt flüsterte das Mädchen und Jan hörte genauer hin.

»Und dann hat der Scholle sich auf Eva gestürzt, ihren Kopf an den Haaren nach hinten gerissen und ihr zwischen die Beine gepackt. Das war so ekelig!«

In dem Moment hatte Alicia sich aus ihrem Versteck getraut, um die Freundin zu verteidigen. Jacob hatte Evas Hilferufe auch gehört und wollte ebenfalls eingreifen, obwohl er stark blutete. Blut lief ihm übers Kinn und hinterließ dunkle Flecken im Sand. Seine Lippe war aufgeplatzt und ein Auge war zugeschwollen.

Bea versuchte, sich die Situation vorzustellen. Sie selbst wäre längst abgehauen und fragte sich noch einmal, warum die Mädchen das nicht getan hatten. Wieder brummte ihr Telefon, wieder stand da: Nummer unbekannt. Es schien wichtig zu sein.

»Entschuldige, ich muss mal eben telefonieren«, unterbrach die Kommissarin und verließ das Zimmer. Das Gespräch dauerte nicht lange. Jan sah sie fragend an, als sie zurückkam, er hätte schwören können, dass sie wichtige Informationen erhalten hatte. Aber seine Kollegin ließ sich nichts anmerken und wandte sich wieder Alicia zu. Sie fragte noch einmal, ob Scholle dann endlich aufgehört hätte.

»Von wegen! Der hat sich umgedreht und, ohne mit der Wimper zu zucken, hat der wieder auf Jacob eingeprügelt. Und dann habe ich die Proseccodose genommen, die da herumlag, und habe sie ihm mit Schmackes an den Kopf geknallt! Der hat mich vielleicht mal angeguckt! Wie eine Schlange das Kaninchen.« Ein Grinsen legte sich auf ihr Gesicht. »Dem sind fast die Augen aus dem Kopf gefallen.«

»Gut gemacht, Alicia!«, lobte Bea ihr heldenhaftes Verhalten und legte den Arm um sie.

Jan Berg kam sich vor, als würde er ein spannendes Hörspiel im Radio verfolgen. Beas Methoden waren definitiv nicht die seinen. Er widmete sich wieder den Fotos, sein Blick blieb an einem hängen, auf dem Alicia mit einer Theatergruppe abgebildet war. ›Schauspielerisches Talent hat sie ja‹, dachte Jan Berg. Das musste man Alicia lassen!

»Und dann? Wieso seid ihr denn dann nicht endlich weggelaufen?«

»Ich wollte ja! Ich habe Evi an die Hand genommen und wollte sie da wegziehen. Die war aber völlig neben der Spur und konnte sich gar nicht auf den Beinen halten. Da habe ich mal so richtig meine Krallen gezeigt, ich habe den Scholle angefaucht, dass er endlich verschwinden soll, und ihn daran erinnert, dass er zurück muss zu der Misswahl.«

Nun übernahm Jan Berg die Gesprächsführung, ihm reichte es mit dem Theater. Er wusste überhaupt nicht mehr, was er glauben oder nicht glauben sollte.

»Wie haben Sie ihm das denn gesagt? Mit welchen Worten? Der hätte Sie ja auch zusammenschlagen können.« Alicia wirkte ein wenig verstört.

»Ich habe ihn angeschrien: ›Verpiss dich!‹ Und dann habe ich damit gedroht, dass ich sonst vor dem versammelten Publikum bei der Misswahl erzählen würde, was er Jacob und Eva angetan hat! ›Die ganze Insel weiß dann, was der feine Herr Scholle für einer ist‹, habe ich gesagt. Nämlich ein notgeiler alter Sack, der sich an jungen Mädchen vergreift!« Alicias Augen funkelten.

»Das hat aber gesessen, nehme ich an.«

»Und wie! Der war plötzlich wie ausgewechselt. ›Stille Wasser …‹, hat der geknurrt und mich mit einem Blick von Kopf bis Fuß angeglotzt, dass mir heiß und kalt wurde. Aber dann ist er doch abgeschwirrt. Beim Umdrehen hat er mir noch damit gedroht, dass ich heute Nacht auf der Straße schlafen könnte und meinen Job los wäre, wenn ich auch nur ein Sterbenswörtchen davon ausplaudere. Persönlich wollte er dann bei mir vorbeikommen, mir die Kündigung bringen und mir auf seine spezielle Weise beim Vergessen helfen.«

»Ach du Schreck! Das ist ja furchtbar! Hast du schon gepackt? Glaubst du, er macht ernst?«

»Das war die Hölle! Dem traue ich alles zu! Mit der nächsten Fähre bin ich weg, falls ich diese Nacht noch überlebe. Dem gehört ja diese Wohnung, der hat doch einen Schlüssel dafür!«

Jan Berg hüstelte und drehte sich zur Wand. Er hatte seine Zweifel an der Richtigkeit der Aussage, das würde man ihm bestimmt ansehen. Unbeirrt schwatzte Alicia weiter.

»Evi war völlig durch den Wind und hat nur noch geweint oder gekichert, bis ich ihr gesagt habe, jetzt ist aber Schluss, und ihr einen Prosecco eingeschenkt habe. Wir haben dann die Dose, mit der ich Scholle eins übergezogen hab, zusammen geleert. Die andere, die da noch lag, die haben wir auch gleich gekillt. Danach beruhigte Evi sich allmählich, sie wollte unbedingt noch einen Moment allein sein und hat mich weggeschickt. Sie wollte nachkommen. Natürlich habe ich ihr das geglaubt, schließlich wollte sie die Miss Friesenqueen werden. Wenn die sich etwas in den Kopf gesetzt hat, dann kriegt sie es auch. Eigentlich immer.«

Jan Berg bat Alicia noch, ihnen die Telefonnummer aufzuschreiben, unter der man sie in den nächsten Tagen erreichen konnte, und bedankte sich für ihre Hilfe.

»Ich fahre zu meinen Eltern. Hier!« Bea steckte nachdenklich den Zettel ein, unmerklich nickte sie ihrem Kollegen zu und zeigte ihm den linken Daumen. Es dauerte ein Weilchen, bis er gecheckt hatte, was sie ihm damit sagen wollte.

»Eine Sache wäre da noch …«, sprach er die junge Frau erneut an. »Kommt Ihnen diese Schere bekannt vor?«

Alicia japste, als bekäme sie keine Luft, und ihre Hände fingen an zu zittern.

»Also ja!«, beantwortete er die Frage für sie.

Alicia riss das Fenster weit auf und stellte sich davor.

»Keine Angst, Mädchen«, redete Bea ihr in mütterlichem Ton zu. Die Ereignisse des Tages hatten der Polizistin schon ziemlich zugesetzt, einen Sprung aus dem Fenster würde sie heute nicht mehr verkraften. »Diese Schere haben wir in der Nähe von Evas Strandkorb gefunden. Sieh sie dir bitte einmal ganz genau an.«

Alicia schüttelte mit dem Kopf, dann nickte sie und wurde kreidebleich. »Theo?«, stammelte sie.

»Meinen Sie den Friseur? Wie kommen Sie auf Theo? War der auch noch an dem Strandkorb?«

»Gesehen habe ich ihn nicht. Aber das ist eindeutig eine Friseurschere, damit kenne ich mich aus.«

»Ach so?« Bea hielt Alicia das Fundstück hin. Auf ein paar Fingerabdrücke mehr oder weniger kam es nach der Pizzaorgie jetzt auch nicht mehr an. Alicia griff danach, mit links, Jan Bergs Adleraugen war es nicht entgangen. Im letzten Moment wechselte sie die Hand und fasste mit rechts zu. Sein Gefühl hatte ihn also doch nicht getäuscht! Alicia schob ihre Finger in den Griff und das metallische Schnipp-Schnapp der Scherenblätter hing gefährlich in der Luft.

»Das sieht man doch, dass das eine Profischere ist!«
Beinahe zärtlich fuhr Alicia mit dem Daumen über die
scharfe Klinge.

»Wie wäre es denn jetzt mal mit der Wahrheit? Mit der
ganzen Wahrheit, Frau Wolters!« Kommissar Berg nahm ihr
die Schere ab, bevor sie noch auf dumme Gedanken kam.
Sie wollte protestieren, blickte hilfesuchend zu Bea, erfuhr
aber auch von ihr keine Unterstützung.

»Aus zuverlässiger Quelle haben wir erfahren, dass es sich
bei diesem Modell um eine Schere für Linkshänder handelt.
Und Sie sind Linkshänderin!« Der Kommissar hielt den
Zettel in die Höhe, den sie vor ein paar Minuten geschrieben
hatte. »Das ist Ihre Schere! Geben Sie's zu!« Völlig
entgeistert sah Alicia ihn an und suchte nach Worten. Aber
ihre innere Souffleuse flüsterte ihr nichts mehr zu.

»Wir können uns natürlich auch bei Theo, also bei unserm
Inselfriseur, noch näher darüber unterhalten«, schlug er vor
und war überrascht, dass Alicia dem zustimmte und sich auf
einen anständigen Kaffee freute.

»Sie kennen sich bei Theo anscheinend gut aus.« Jan Berg
ignorierte ihren abfälligen Kommentar und konfrontierte sie
mit dem, was sie bereits wussten.

»Einen guten Kaffee, den kann ich jetzt auch brauchen.«
Bea streckte sich und unterdrückte ein Gähnen. Eigentlich
war sie ja auf der Insel, um sich zu erholen und vom Job
abzuschalten. Sie kündigte den Besuch bei Theo Schneider
an, bedankte sich für seine Hinweise und bestellte in ihrer
gewohnt schnoddrigen Art einen Kaffee bei ihm.

»Dann wollen wir mal! Es ist auch viel zu gefährlich für
dich, Alicia, wenn du hierbleibst«, sagte Bea, »wir haben ein
schönes Zimmer für dich. Da musst du keine Angst vor
Scholle haben, der kann dir dort nicht gefährlich werden.«
Alicia schulterte kommentarlos ihren Rucksack, Bea nahm

die Reisetasche, die schon fertig gepackt neben der Tür stand. Jan Berg löschte das Licht.

Auf seinem Handy entdeckte er Gretjes Nachricht. Sie hatte geschrieben, dass Eva ausgeschlafen hätte und sich wieder daran erinnern könnte, was vor ihrem Filmriss geschehen war. Bea atmete auf, sie musste unwillkürlich lächeln bei dem Satz: ›Junge, Junge, Junge! Was das nicht alles gibt!‹

›Das Leben wäre doch viel einfacher und leichter, wenn man nicht wüsste, was es alles gibt‹, dachte die Polizistin. In ihrem Job jedoch konnte und durfte sie die Augen nicht vor den Abgründen des Menschlichen verschließen. Seufzend ließ sie sich in den Sitz fallen und freute sich auf den Kaffee, anschließend durfte Alicia zumindest für die kommende Nacht ein Zimmer im Polizeigebäude beziehen.

»Dann ist der Fall ja so gut wie geklärt«, flüsterte sie ihrem Kollegen zu.

18. Kapitel

In der Friesenrose herrschte ebenfalls große Aufregung. Gretje Blom verfolgte aufmerksam die Diskussion rund um die Fortsetzung der Misswahl. Über das Internet waren selbst Norderneyfreunde, die zurzeit nicht auf der Insel weilten, bestens über die Zwischenfälle informiert. Man spekulierte darüber, was vorgefallen war und ob die Wahl am nächsten Tag fortgesetzt würde.

»Jetzt erst recht!«, sagte Eva, die sich schaudernd an das erinnerte, was geschehen war. Sie traute sich dennoch zu, am nächsten Tag anzutreten und auch die letzten Aufgaben der Challenge zu meistern.

Julie informierte das Gremium über Evas Entscheidung, wenige Sekunden später ploppte der neue Termin in den entsprechenden Facebookgruppen auf und verbreitete sich rasant in den Medien. Sogar im Fernsehen wurde über die Sabotage der Misswahl berichtet. »Doch was eine echte Ostfriesin ist, die haut so schnell nichts um«, fasste der Sprecher zusammen.

Gretje konnte dem nur zustimmen. Sie stellte den Fernseher ab und schickte Eva mit Frederik nach Hause und auch die, die noch beim Aufräumen helfen wollten. Gretje brauchte dringend eine Runde Schönheitsschlaf, um am morgigen Tag wenigstens eine Chance auf den dritten Platz zu haben.

Onno kippte einen Friesengeist hinunter und schüttelte sich danach. »Das habe ich doch gleich gewusst, dass das wieder ein heilloses Durcheinander gibt, wenn du da bist. Mensch, Gretje, dein Freddy, der wäre nun aber man bannig stolz auf seine Friesenrose.«

»Jau! Und mein Freddy, der kann morgen richtig stolz auf sein Mädchen sein! Auf seine Friesenkönigin. Das Krönchen, das hol ich mir! Nu schlaf man gut, Onno. Bist

118

'nen feinen Kerl. Und deine Muckis … alle Achtung! Wie du die Eva da so über den Strand getragen hast, also …«

»Quatsch! Sabbel mal nicht so viel! Schlaf gut.« Onno nahm Gretje in den Arm und drückte ihr einen Gutenachtkuss auf.

»Was ist das denn nun schon wieder?«, knurrte er, als er auf dem Weg ins Bett hörte, wie sich ein Schlüssel im Türschloss drehte. Mit einem Schritt war er an der Haustür, riss sie auf und schickte einen Seemannsfluch in die Abgründe Neptuns. Piet stand bleich und um Jahre gealtert mit seinem Neffen Jacob, der in einem Rollstuhl saß, davor.

»Piet!« Gretje war sofort bei ihm. »Was ist denn jetzt los? Wir dachten, ihr bleibt heute Nacht im Krankenhaus?«

»Es ist nicht so schlimm, wie es aussieht.« Er machte eine Kopfbewegung zu Jacob hin. »Ich habe denen gesagt, dass wir uns auf eigene Verantwortung selbst entlassen. Das ist doch da im Krankenhaus auch nicht anders wie überall. Zu wenig Leute und dann liegt man da nur dumm rum und keiner ist da, wenn man jemanden braucht. Nee, ich bin schon gestraft genug.«

Onno fackelte nicht lange. Er hob Jacob vorsichtig aus dem Rollstuhl und trug ihn nach oben in sein Zimmer. Piet hatte noch Hunger, er inspizierte den Kühlschrank und folgte den beiden mit Verpflegung für die Nacht. Dann holte er seine Matratze und legte sich zu Jacob ins Zimmer.

»Was bin ich froh, dass der Junge lebt!«, wiederholte Piet immer wieder. »Sag mal, Onno, du weißt das doch bestimmt, gibt es hier auch so was wie einen Seelsorger, so einen Seelenklempner?«

»Ja, das gibt es. Jede Menge. Was willst du denn für einen? Katholisch, evangelisch oder esoterisch? Es gibt aber auch noch ein paar andere.«

Onnos Angebote überzeugten Piet allerdings nicht. »Gretje, kannst du nicht mal mit dem Jungen reden?«

Gretje nickte, sie wollte es zumindest versuchen. »Ich wusste doch, dass ich mich auf dich verlassen kann! Danke!«

»Da nicht für!«

***

Auf den letzten Metern des Fußwegs, kurz bevor Jan Berg und Bea Bissick das schnuckelige Hinterhäuschen des Friseurs erreichten, versuchte Alicia zu türmen, völlig unerwartet schleuderte sie ihren Rucksackbeutel der Polizistin an den Kopf. Jan Berg sprintete auf der Stelle hinter ihr her, erwischte sie am Arm und tat nun das, was er im Grunde seines Herzens verabscheute. Er legte der jungen Frau Handschellen an. Erst dann klingelten sie bei Herrn Schneider.

›Was um Himmels willen schleppt diese Person in ihrem Beutel mit sich herum?‹, fragte Bea sich. Der Kaffeeduft ließ sie den Schmerz ein wenig vergessen. Theo legte ihr mit sanften Händen eine Kühlkompresse auf die Stelle, die schon jetzt zu einer Beule anschwoll. Verächtlich sah er Alicia an, dann wanderte sein Blick zu der Schere, die der Polizist auf den Tisch gelegt hatte.

»Das ist ein Profiwerkzeug. Für Linkshänder, wie Alicia«, erkannte Theo sofort.

Jan Berg sprach den Haarkünstler noch einmal auf die Vorkommnisse an, aufgrund derer er Alicia bei sich im Salon nicht länger beschäftigen wollte. Mit seinen Andeutungen konnte er nicht viel anfangen.

»Man soll die alten Geschichten nicht wieder aufwärmen. Ich hatte meine Gründe.«

»Oho! Sie hatten ein Verhältnis mit ihr?«, haute Bea in ihrer direkten Art raus. Sie war zwar angeschlagen, aber ihr Verstand funktionierte noch. Diese Augen brachten sie schon wieder aus der Fassung, als er sie empört ansah. Alicia hingegen war voll auf Krawall gebürstet und schlürfte trotzig ihren Kaffee. Die Handschellen hatte Jan Berg ihr für die Kaffeepause abgenommen, er war ja kein Unmensch.

»Waaas?« Theo knallte seinen Becher auf den Tisch. »Doch nicht mit …! Nein! Viel zu jung und überhaupt.« Widerwillig rückte er mit den Gründen heraus, aus denen er sie entlassen hatte. Ihr Umgang mit Menschen war sehr eigenwillig, gestand er. »Einmal hat sie einem Stammkunden die Haare so heiß gespült, dass er schreiend aus dem Salon gerannt ist. Hat mich ziemlich viel gekostet. Bei einer Dame traf ihre Schere zufällig das Ohrläppchen und einem anderen Kunden hat sie die Haare derart verschnitten, da war absolut gar nichts mehr zu retten.«

»Und? Ist es nicht zu einer Anzeige gekommen?«

»Oh mein Gott! Was glauben Sie denn, was ich alles getan habe, um das zu verhindern? Aber irgendwann ist Schluss mit lustig, ich habe sie gefeuert. Sie konnte ihre Schere nehmen und gehen.«

Jan Berg behielt Alicia die ganze Zeit im Auge. Emotionslos sah die Beschuldigte den Haarkünstler an, sie griff in ihren Beutel und holte einen To-go-Becher heraus. Jan sprang sofort auf, die Handschellen schon einsatzbereit, fragte dann aber scherzhaft, ob sie für die Nacht noch einen anständigen Kaffee mitnehmen wollte. Mit Todesverachtung, unterbrochen von hysterischem Lachen, drehte sie ganz langsam den Deckel auf, griff hinein und warf Theo Schneider ein Bündel dunkles, glänzendes, lockiges Haar, das von einem roten Haargummi zusammengehalten wurde, mitten auf den Tisch.

»Hier! Schenke ich dir! Du liebst Evas Haare doch so sehr!«

»Wie krank ist das denn?« Bea glaubte, nicht richtig gehört zu haben, es kam aber noch besser, als Alicia dann unter

Tränen gestand, dass sie sich daraus eine Perücke knüpfen wollte.

Theo Schneider sackte in sich zusammen, er war totenblass geworden und ihm standen ebenfalls die Tränen in den Augen. »Alicia, was hast du getan?« Er schlug die Hände vors Gesicht. »Du hast Eva die Haare abgeschnitten!«

»Ja! Und? Was ist denn schon dabei? Die wachsen doch wieder! Außerdem wollte sie schon längst mal eine Veränderung, aber du hast dich ja geweigert. Ich verstehe nicht, was daran so schlimm sein soll.«

»Das ist Körperverletzung!« Jan Berg zitierte den entsprechenden Paragrafen.

»Und dann hast du sie auch noch mit K.-o.-Tropfen außer Gefecht gesetzt!«, ergänzte Bea. »Ich dachte, ihr seid Freundinnen!«

»Die schöne Eva und Alicia, das hässliche Entlein! Was Frederik bloß immer noch an ihr findet? So wie die jetzt aussieht!«, höhnte Alicia. Das Klicken der Handschellen unterbrach ihren Redefluss, Jan Berg hatte genug gehört, er wollte endlich Feierabend machen.

»Dann bist du es auch gewesen, die Eva gefesselt, geknebelt und im Strandkorb eingesperrt hat?«

»Ich hätte sie ja später wieder rausgeholt. Nach der Siegerehrung. Also? Was soll das Theater? Ist doch nichts passiert!«

Bea hatte ja schon viel erlebt, aber so viel Kaltschnäuzigkeit, noch dazu unter Frauen, brachte ihr Weltbild gehörig ins Schwanken. Sie bedankte sich bei Theo für den Kaffee, sie mussten jetzt los, zur Wache. Beim Tschüss-Sagen brachte er sie wieder durcheinander. Männer mit Tränen in den Augen waren ihr immer schon unheimlich, und dieser Mann sah nicht nur gut aus, er zeigte auch noch Gefühle. »Werden Sie trotz allem morgen Vormittag in der Jury sitzen?«

»Auf jeden Fall! Jetzt erst recht.« Theo wischte sich die Augen und streichelte noch einmal zärtlich über das Haar, das vor ihm lag und das Jan Berg ihm jetzt wieder abnehmen musste. Das waren Evas Haare, die sollte sie auch zurückbekommen. Dann konnte sie immer noch entscheiden, was sie damit machen wollte.

19. Kapitel

Am nächsten Morgen um zehn Uhr waren bereits alle Stühle vor der Konzertmuschel besetzt. Eine halbe Stunde später bevölkerte eine Menschenmenge den Kurplatz wie sonst nur bei Großveranstaltungen oder an Silvester.

Die Insel lag noch immer unter einer dichten Nebelglocke, aber die Gäste störten sich nicht daran. Sie waren im Urlaub und konnten es kaum erwarten, die verschollene Ostfriesin mit eigenen Augen zu sehen. Die unglaublichsten Gerüchte kursierten und man brannte darauf, zu erfahren, ob Eva wirklich entführt worden war.

Mit dem Gongschlag kehrte langsam Ruhe ein und Sandra Wagner begrüßte die Zuschauer mit einer kleinen Rede.

»Bedauerlicherweise mussten wir die Misswahl am gestrigen Tag unterbrechen. Nein, nicht wegen der Witterungsverhältnisse, sondern weil ein Jurymitglied, der Herr Scholle, erkrankt war. Freundlicherweise vertritt ihn heute unser stellvertretender Kurdirektor.« Sie zeigte auf die Jury, die im Hintergrund Platz genommen hatte.

»Wie sich inzwischen sogar bis aufs Festland herumgesprochen hat, gab es noch einen Grund. Eine unserer Kandidatinnen, Eva aus der Gruppe der Seesterne, war wie vom Erdboden verschwunden. Auch der junge Mann, der zuletzt mit ihr zusammen gesehen worden war.«

Fragen wurden laut, aber die Moderatorin setzte unbeirrt ihre Rede fort.

»Dank einer besonders couragierten älteren Dame, eine Kandidatin von unseren Leuchttürmen«, sie zeigte auf Gretje Blom, »die sich um das Wohl der jungen Menschen sorgte und Gefahr witterte, hatten wir beschlossen, die Wahl vorübergehend auszusetzen und die Suche nach den Vermissten aufzunehmen.« Das Publikum hörte ihr andächtig zu. »Aber nun genug der Worte: The Show must go on! Begrüßen Sie unsere schönsten, pfiffigsten und vor allen Dingen originellsten Ostfriesinnen! Frauen, die mit beiden Beinen im Leben stehen und die, wenn es drauf ankommt, sagen: Nicht lang schnacken, lieber anpacken!«

Aus den hinteren Zuschauerreihen ertönte ein Sprechgesang. »Los jetzt! Nicht lang schnacken, sondern die Miss Friesenqueen backen!«

Sandra Wagner lächelte und gab die allerletzte Aufgabe bekannt. »Unsere Finalistinnen werden Ihnen jetzt beweisen, in was für einem Tempo man Krabben pulen kann! Ist die letzte Krabbe gepult, wird der Eimer umgedreht und die Zeit gestoppt!« Ein feiner Geruch nach Meeresfrüchten wehte bei diesen Worten von der Bühne, die Krabbeneimer waren gefüllt und standen bereit.

»Bevor wir aber damit anfangen, wollen wir unserer Eva die Chance geben, das nachzuholen, was sie gestern verpasst hat. Also Eva, bist du bereit?«

Eva nickte.

»Dann erzähl uns zuerst einen Witz und danach bist du mit Grimassenschneiden dran. Los geht's. Eva, die Bühne gehört dir!«

Mit einer Packung Taschentücher in der Hand stellte sich die junge Frau vor das Mikro.

»Einen Witz soll ich erzählen.« Eva lächelte unsicher, sie nestelte an dcm Reißverschluss ihrer Jacke herum, zog ihn immer wieder auf und zu. »Das ist nicht unbedingt eine meiner Stärken, aber … wartet mal, da fällt mir etwas ein.« Sie zuppelte an ihrer Mütze herum, spielte mit einer vorwitzigen Haarsträhne und begann leise zu sprechen.

»Kennt ihr das, wenn man eine beste Freundin hat und wenn man der alles anvertrauen kann? Das war auch bei mir so. Und wie das bei uns Mädels so ist, quatscht man ja auch mal über Klamotten, über Kerle und Frisuren.« Eva räusperte sich. »Da habe ich einmal zu meiner Freundin gesagt, dass mein Friseur sich weigern würde, mir mal was anderes zu machen. Und was sagt sie? Da kann dir geholfen werden! Wir beide kringeln uns vor Lachen, sie gibt einen Prosecco aus und wir stoßen auf den Witz an.« Das Publikum kicherte verhalten. »Aber das war ja noch nicht alles. Wir stoßen wieder an und mit einem Mal wird mir so komisch.« Eva schluckte, mit beiden Händen umklammerte sie das Mikro. »K.-o.-Tropfen vertrage ich nun mal nicht!«, stieß sie mit brüchiger Stimme hervor. »Die waren da nämlich drin, in meiner Dose Prosecco. Schwupps, bin ich weggedämmert, und als ich wieder wach werde, da ist meine Freundin weg und meine langen Haare auch!« Eva riss sich die Mütze vom Kopf und schaute ins Publikum, sie suchte den Blick ihres Freundes. Sein zustimmendes Nicken ermutigte sie, weiterzumachen. »Na, was sagt ihr nun zu meiner neuen Frisur?« Langsam drehte sie sich auf der Bühne im Kreis, neigte den Kopf und trat vorn an den Bühnenrand. »Ist doch mal was anderes, oder? Komplette Typveränderung!« Die aufgesetzte Fröhlichkeit wich aus ihrem Gesicht, traurig und enttäuscht tupfte sie eine Träne weg. Doch dann schnitt sie die Grimasse ihres Lebens. Sie zeigte dem Hass, dem Neid, der Missgunst und allen Widrigkeiten des Lebens die rote Zunge. Mit entspannter Miene setzte sie danach ihre Mütze wieder auf und schritt erhobenen Hauptes von der Bühne. Sekundenlang herrschte absolute Stille, doch dann brandete ein nicht enden wollender Applaus auf.

Die Moderatorin zeigte ihre volle Bewunderung für Evas Offenheit und ihren Mut, sich der Öffentlichkeit so zu präsentieren. Mit dem Spruch »Wie ihr wisst, nur eine Einzige kann die Miss Friesenqueen werden!« leitete sie das Krabbenpulen ein.

»Das heißt Friesenkönigin!«, verbesserte Gretje gewohnheitsmäßig.

Zuerst mussten zwei Frauen aus jeder Gruppe gegeneinander antreten, jetzt konnten sie zeigen, wer die flinksten Finger hatte. Gretje hockte auf ihrem Stuhl, würdigte Lola als Konkurrentin keines Blickes und wischte sich die Hände an der Schürze ab. Als das Startsignal ertönte, schälte sie die Krabben in einem Tempo, als hätte sie in ihrem Leben nie etwas anderes gemacht. Geschickt brach sie die Panzer auf, eine nach der anderen landete in ihrer Schüssel. Die Rote Lola hatte noch nicht einmal die Hälfte weggearbeitet, als Gretje triumphierend ihren Eimer umdrehte und eine kleine bösartige Bemerkung über Lolas künstliche Fingernägel fallen ließ.

Gretje, Trude und Eva standen sich nun in der Endrunde als Konkurrentinnen gegenüber.

»Und nur eine von euch dreien kann die Miss Friesenqueen, die Friesenkönigin, werden!«, spulte die Moderatorin ihren Spruch ab.

Das Signal erklang und die drei Frauen stürzten sich auf die doppelte Menge Krabben. Die Schalentiere flutschten nur so durch ihre Finger. Schon nach kurzer Zeit schepperte der erste Eimer zu Boden. Eva sprang lachend auf und klatschte vor Freude in die Hände. Der erste Platz gehörte ihr, Gretje schaffte es, nur eine Krabbenlänge vor Trude, auf Platz Nummer zwei.

***

»Wir haben sie!!! Hier ist sie nun, unsere Miss Friesenqueen! Unsere Eva!«

»Friesenkönigin muss das heißen!«, donnerte eine männliche Stimme dazwischen. Das konnte nur Onno gewesen sein. Wie ein Leuchtturm mit blauer Kappe ragte er aus der Menge heraus. Gretje hob den Daumen und nickte ihm zu.

Mit Freudentränen in den Augen verneigte Eva sich nach allen Seiten und nahm die Glückwünsche entgegen. Auf dem Siegertreppchen bekam sie eine blaue Schärpe mit dem geschwungenen weißen Schriftzug *Miss Friesenqueen* umgelegt. Neben ihr strahlten Trude und Gretje um die Wette. Die drei Siegerinnen gratulierten sich gegenseitig, sie posierten für die Kamera und alberten herum.

Der Vertreter des Kurdirektors hatte die ehrenvolle Aufgabe, der frischgebackenen Miss das Krönchen aufs Haupt zu setzen. Ungeschickt mühte er sich mit dem Diadem ab, es wollte einfach nicht halten. Auch der Moderatorin gelang es nicht, es königlich auf Evas Haupt zu platzieren. Kurzentschlossen nahm Eva das mit funkelnden Steinchen besetzte Diadem ab und ging zum Mikro.

»Liebe Zuschauer, ich bedanke mich von ganzem Herzen für euren Applaus und für eure Stimmen, die dazu beigetragen haben, dass ich jetzt hier stehe. Aber vor allem möchte ich mich bei all den Menschen bedanken, die nach mir gesucht haben. Die stundenlang durch die Kälte und den Nebel geirrt sind und die nicht daran geglaubt haben, dass ich freiwillig einen Rückzieher mache. Mein ganz besonderer Dank jedoch, der gilt Gretje.« Eva legte den Arm um die kleine alte Frau, knuddelte sie vor allen Leuten und setzte ihr die Krone auf das weiße Haar.

»Gretje, für mich bist du die Friesenkönigin! Du hast mich wieder aufgepäppelt, mich verwöhnt und du hast den entscheidenden Hinweis gegeben, wer mir das angetan hat. Danke! Danke! Danke!«

»Da nicht für!«, lachte Gretje verschmitzt. Sie holte einen Spiegel aus ihrem Beutel, betrachtete sich von allen Seiten und nickte zufrieden. »Hammer! Das steht mir! Findet ihr das nicht auch?« Huldvoll winkte sie wie die Queen, sie schritt zum Mikro und ließ es sich nicht nehmen, das Schlusswort zu sprechen.

»Denn bin ich ja jetzt anscheinend so etwas wie eine heimliche Miss!«, scherzte sie. »Aber etwas, das muss ich euch noch sagen. Das mit dem feinen Herrn Scholle und seiner Krankheit, das ist nämlich echtes Seemannsgarn gewesen. Und da ihr euch ja sowieso schon die Mäuler zerreißen tut, da kann ich euch auch mal verraten, was die Wahrheit ist.« Augenblicklich kehrte Stille ein. »Der Scholle, der hatte das nämlich auf die Eva abgesehen und dann ist der hinter ihr her, als die in der Pause zum Strand runtergegangen ist. Da war die mit einem jungen Mann, mit Jacob. Der war ja auch plötzlich wie vom Nebel verschluckt.«

Gretje blinzelte beim Erzählen eine Träne weg, als sie in Worte zu fassen versuchte, wie Scholle auf Jacob losgegangen war und ihn brutal zusammengeschlagen hatte. »Und das hat der gleich zweimal mit dem gemacht. Nur weil der Jacob die Eva beschützen wollte. Mit den Füßen ist der auf seiner Brille herumgesprungen, bis davon nix mehr übrig war. Und es hätte nicht viel gefehlt, dann wäre der Jacob im auflaufenden Wasser der Flut ersoffen. Und nun ...« Gretje kullerten die Tränen übers Gesicht, sie brauchte mehrere Anläufe, um den Satz zu beenden. Buhrufe und ein durchdringender Pfiff aus dem Publikum drangen zu ihr hinauf. »Der Jacob, der ist nämlich das Patenkind von mein' besten Freund Piet. Und mein Piet, der kann jetzt nicht bei mir sein, weil der nämlich zu Hause in der Friesenrose sitzt. Der muss sich um den Jacob kümmern und den wieder aufpäppeln und denn muss der selber seinen Schrecken loswerden.«

Trude schob unauffällig eine Packung Taschentücher rüber und versuchte, Gretje zu trösten. »Und eins soll ich euch allen von dem Jacob ausrichten: Das ihm das so wahnsinnig leidtut, dass diese Misswahl zu so einer Mistwahl geworden ist, nur weil er unbedingt mit der Eva reden wollte. Und ich soll euch auch sagen, dass er niemals vorgehabt hatte, sich etwas anzutun. So! Und nun gebe ich euch meinen königlichen Segen! Ich sag noch mal Danke an alle, die das Herz auf dem rechten Flecken haben.«

Gretje Blom vernahm einen schrillen Pfiff aus der Menschenmenge, sie zeigte in die Richtung, aus der er gekommen war. »Das gilt auch für dich, Frau Kommissarin Bea Bissick, mit ck am Ende! Dass du in deinem Urlaub unsere Polizei, den Jan Berg, so tatkräftig unterstützt hast, das war echt krass.« Gretje schmunzelte, sie rückte ihr Krönchen zurecht und winkte Onno Fokken nach vorn an die Bühne.

»Kann ich etwas tun für Euer Hoheit?«, fragte er mit geröteten Wangen und glänzenden Augen.

»Jau! Du darfst mich jetzt auf den Arm nehmen.«

»Mit Vergnügen«, brummelte der alte Seebär. Er drückte die frischgebackene Miss an sich und flüsterte ihr ins Ohr: »Wild und schön wie eine Friesenrose, das ist meine Gretje! Und dass die auch Dornen hat, das hast du denen gezeigt.«

E N D E

Ostfrieslandkrimi-Empfehlungen
des Klarant Verlages

Lernen Sie die Ostfrieslandkrimi-Serie »**Ein Fall für Gretje Blom**« von Rita Roth kennen:

Immer wenn Gretje Blom auf der ostfriesischen Insel Norderney weilt, geschieht ein Verbrechen und sie ist mittendrin! Zum Glück verfügt die Ruheständlerin über einen außerordentlichen Spürsinn. Gemeinsam mit ihrem besten Kumpel Piet, Hauseigentümer Onno und den anderen Norderneyer Freunden löst sie jeden Fall. Gretje Blom ermittelt auf ihre eigene unkonventionelle Art – mit viel Scharfsinn, Durchsetzungsvermögen und einer ordentlichen Portion Humor!

»Inselsünde«, Band 1
Taschenbuch ISBN: 978-3-95573-987-4
eBook ISBN: 978-3-95573-989-8

»Ich angle mir einen Millionär!« Mit diesem Wunschtraum im Gepäck reist Britt auf die ostfriesische Insel Norderney drei Monate später ist sie spurlos verschwunden. Einiges deutet auf eine Affäre mit dem bekannten Casanova Ricardo hin, der ebenfalls wie vom Erdboden verschluckt scheint. Ist Britt mit ihm durchgebrannt und genießt jetzt ihr Liebesglück? Oder ist sie einem furchtbaren Verbrechen zum Opfer gefallen? Gretje Blom stößt auf den Fall und entdeckt einige Ungereimtheiten. Gemeinsam mit ihren Freunden aus der Norderney-WG geht sie der Sache nach. Ins Visier gerät auch der Schönheitschirurg Rob van Geldern, der auf der Insel eine neue Beauty-Klinik eröffnen will und einen äußerst zwielichtigen Eindruck macht ...

Klarant Verlag

Lernen Sie die Ostfrieslandkrimi-Titel des Klarant Verlages kennen und besuchen Sie uns im Internet unter:

www.ostfrieslandkrimi.de

und

www.klarant.de

Sie können dort Näheres über unsere Autoren erfahren, viele weitere interessante Bücher und eBooks finden und Leseproben herunterladen. Mit dem kostenlosen Newsletter auf

www.ostfrieslandkrimi-lesen.de

erhalten Sie aktuelle Informationen rund um das Verlagsprogramm, wie beispielsweise spannende Neuerscheinungen und Gewinnspiele.